Isabel Allende

Eine Rache

Insel Clip

12

Die fünf Erzählungen, aus der Sammlung *Die Geschichten der Eva Luna* ausgewählt, sind in Atmosphäre, Szenerie und Thematik so unterschiedlich wie das erzählerische Temperament ihrer Autorin Isabel Allende.

Eine Geschichtenerzählerin hat sie sich genannt, die im Erfinden einer Geschichte dem Leben in seinen widersprüchlichsten und vitalsten Aspekten auf den Leib rücke, sich selbst und den Lesern zum besseren Verständnis. Erotik, Leidenschaft und Gewalt, übermütiger Humor prägen ihre Geschichten.

Fast immer gehen sie von einem Augenblick aus, in dem sich das Leben, sei es das Glück oder das Schicksal eines Menschen, durch die Begegnung mit einem anderen von Grund auf ändert. Dieser Augenblick ist so bestimmend, daß es kein Entrinnen gibt, auch wenn Jahre oder Jahrzehnte vergangen sind.

Eine Rache, die Titelerzählung, berichtet von einer Frau, die als junges Mädchen die Ermordung ihres

Vaters und die eigene Vergewaltigung durch einen militärischen Haudegen erleben mußte. Dulce Rosa ist gezeichnet – sie weist alle Bewerber ab, »denn ihre Aufgabe in dieser Welt war die Rache«. Als der Augenblick da ist, der Täter und Opfer zusammenbringt, drehen sich Pläne, Leidenschaft und Erinnerung wie in einem Wirbel zu einem unentrinnbaren Sog.
Zu ihrer Person schrieb Isabel Allende: »In Lima geboren bin ich nur durch Zufall, denn ich bin Chilenin. Ich hatte einen Vater, der eines Tages verschwand, ohne Spuren zu hinterlassen. Meine Mutter war der Kraftpol meiner Kindheit. Vielleicht fällt es mir deshalb leichter, über Frauen zu schreiben. Sie drückte mir ein Heft in die Hand, in dem ich das Leben um mich her in kindlichen Schriftzügen festhielt. Und dies in einem Alter, da andere Mädchen mit Puppen spielen. So legte sie in mich das Samenkorn, das dreißig Jahre später aufging und mich literarische Früchte tragen ließ.«

Isabel Allende
Eine Rache und andere Geschichten

Aus dem Spanischen
von Lieselotte Kolanoske
Insel Verlag

Insel-Clip 12
Erste Auflage 1995
Insel Verlag Frankfurt am Main und Leipzig

Lizenzausgabe mit freundlicher Genehmigung
des Suhrkamp Verlags Frankfurt am Main
Vertrieb durch den Suhrkamp Taschenbuch Verlag
Umschlag von Hermann Michels, unter Verwendung eines
Fotos von Barry David Marcus
Autorenfoto: Jerry Bauer
Satz: Hümmer GmbH, Waldbüttelbrunn
Druck: Ebner Ulm
Printed in Germany

1 2 3 4 5 6 – 00 99 98 97 96 95

Inhalt

Ein diskretes Wunder

Die Familie Boulton stammte von einem Liverpooler Kaufmann ab, der um die Mitte des neunzehnten Jahrhunderts auswanderte, mit seinem ungeheuren Ehrgeiz als einzigem Vermögen, und der mit einer kleinen Flotte von Frachtschiffen im südlichsten Teil des amerikanischen Kontinents zu Reichtum gelangte. Die Boultons waren prominente Mitglieder der britischen Kolonie, und wie so viele Engländer, die fern von ihrer Insel leben, hielten sie mit absurder Hartnäckigkeit an ihren Traditionen und ihrer Sprache fest, bis die Vermischung mit kreolischem Blut ihren Dünkel untergrub und ihre angelsächsischen Vornamen gegen andere, landesüblichere vertauschte.

Gilberto, Filomena und Miguel wurden auf dem Gipfel des Boulton-Wohlstands geboren, doch im Laufe ihres Lebens sahen sie den Seeverkehr niedergehen und den Hauptteil ihrer Einkünfte dahinschwinden. Aber wenn sie auch nicht länger reich waren, konnten sie ihren Lebensstil doch aufrechterhalten. Es wäre nicht einfach, drei in Aussehen und Charakter so gegensätzliche Geschwister zu treffen wie diese drei. Im Alter verstärkten sich ihre Wesenszüge noch, aber trotz ihrer offenkundigen Verschiedenheiten stimmten ihre Seelen im Kern überein.

Gilberto war ein Dichter von einigen siebzig Jahren, ein Mann mit feinem Gesicht und dem Habitus eines Tänzers, dessen Leben fern von materiellen Zwängen zwischen Kunstbüchern und Antiquitäten verlaufen war. Als einziges der Geschwister war er in England erzogen worden, eine Erfahrung, die ihn tief geprägt hatte. So war ihm für immer das Laster des Teetrinkens verblieben. Er hatte nie geheiratet, vermutlich, weil er nicht zur rechten Zeit die bleiche Maid getroffen hatte, die so oft in seinen Jugendversen auftauchte, und als er dieser Illusion entsagte, war es zu spät, seine Junggesellengewohnheiten waren bereits zu gründlich eingewurzelt. Er spöttelte über seine blauen Augen, sein gelbblondes Haar und seine Vorfahren und sagte, fast alle Boultons seien gewöhnliche Kaufleute gewesen, die so lange die Aristokraten gespielt hätten, bis sie schließlich überzeugt waren, es tatsächlich zu sein. Doch er trug Tweedjacketts mit Lederflecken auf den Ellbogen, spielte Bridge, las die drei Wochen überfällige Times und pflegte die Ironie und das Phlegma, die den britischen Intellektuellen zugeschrieben werden.

Filomena, rund und schlicht wie eine Bäuerin, war Witwe und Großmutter mehrerer Enkel. Sie war mit großer Duldsamkeit ausgestattet, die ihr erlaubte, Gilbertos anglophile Grillen ebenso hinzunehmen wie die Tatsache, daß Miguel mit löchrigen Schuhen und zerfransten Hemdkragen umherging. Nie ließ sie es an Bereitwilligkeit fehlen, Gilberto zu betreuen, wenn er kränkelte, ihm zuzuhören, wenn er seine merkwürdigen Gedichte vortrug, oder bei Miguels zahllosen Unternehmungen mitzuwirken. Sie strickte unermüdlich Westen für ihren jüngeren Bruder, der sie ein paarmal anzog und dann einem Bedürftigeren schenkte. Die Stricknadeln waren eine Verlängerung ihrer Hände, sie bewegten sich in munterem Takt, einem

ständigen Ticktack, das ihre Gegenwart meldete und sie immer begleitete wie der Jasminduft ihres Toilettenwassers.
Miguel Boulton war Priester. Im Gegensatz zu seinen Geschwistern war er brünett, kleingewachsen und fast gänzlich von schwarzem Flaum bedeckt, wodurch er ein wenig wie ein Affe hätte aussehen können, wenn sein Gesicht nicht so gütig gewesen wäre. Mit siebzehn Jahren hatte er die Vorteile des Familienwohnsitzes aufgegeben und kehrte dorthin nur zurück, um mit seinen Verwandten am sonntäglichen Frühstück teilzunehmen oder damit Filomena ihn pflegte, wenn er, was selten geschah, ernstlich krank wurde. Er spürte nicht die mindeste Sehnsucht nach den Bequemlichkeiten, die er in seiner Jugend genossen hatte, und trotz seiner gelegentlichen Anwandlungen von schlechter Laune betrachtete er sich als einen glücklichen Menschen und war mit seinem Leben zufrieden.
Er wohnte nahe der städtischen Müllhalde in einer elenden Ansiedlung vor den Toren der Hauptstadt, wo die Straßen weder Pflaster noch Bürgersteige, noch Bäume aufzuweisen hatten. Seine Hütte war aus Brettern und Zinkblechplatten gebaut. Im Sommer stiegen aus dem Boden übelriechende Dünste von den Gasen auf, die sich durch den einsickernden Unrat unter der Erde bildeten. Sein Mobiliar bestand aus einer Pritsche, einem Tisch, zwei Stühlen und einigen Bücherborden, und an den Wänden prangten revolutionäre Plakate, Blechkreuze, von den politischen Gefangenen angefertigt, bescheidene Behänge, von den Müttern der Verschwundenen bestickt, und Fähnchen von seinem Lieblingsfußballklub. Neben dem Kruzifix, vor dem er jeden Morgen allein die Heilige

Kommunion nahm und jeden Abend Gott für das Glück dankte, noch am Leben zu sein, hing eine rote Fahne. Pater Miguel war eines jener Geschöpfe, die von der schrecklichen Leidenschaft für die Gerechtigkeit besessen sind. In seinem langen Leben hatte er so viel fremdes Leid in sich angehäuft, daß er unfähig war, an den eigenen Schmerz zu denken, und das, im Verein mit der Gewißheit, im Namen Gottes zu handeln, machte ihn furchtlos und kühn. Jedesmal, wenn die Soldaten in sein Haus eindrangen, ihn der Unruhestiftung beschuldigten und mit fortschleppten, mußten sie ihn knebeln, denn sie konnten ihn auch mit Knüppelhieben nicht daran hindern, daß er sie mit Beschimpfungen überhäufte, vermischt mit Sprüchen aus den Evangelien. Er war so oft verhaftet worden, hatte aus Solidarität mit den Gefangenen so viele Hungerstreiks durchgestanden und so viele Verfolgte unter seinen Schutz genommen, daß er nach dem Gesetz der Wahrscheinlichkeit schon mehrmals hätte tot sein müssen. Sein Foto, auf dem er vor einem Haus der Politischen Polizei saß mit einem Schild zwischen den Händen, das verkündete, hier würden Menschen gefoltert, ging um die ganze Welt. Es gab keine Strafe, die imstande war, ihn einzuschüchtern, aber sie wagten nicht, ihn verschwinden zu lassen, dazu war er bereits zu bekannt. An den Abenden, wenn er vor seinem kleinen Hausaltar niederkniete, um mit Gott zu sprechen, plagten ihn ängstliche Zweifel, ob die Liebe zum Nächsten und das Verlangen nach Gerechtigkeit seine einzigen Triebfedern seien oder ob in seinen Handlungen nicht auch ein satanischer Hochmut verborgen sein könnte. Dieser Mann, der es fertigbrachte, ein Kind mit Boleros in den Schlaf zu singen und nächtelang zu wachen und Kranke zu warten, traute dem Adel seines eigenen Herzens nicht. Sein Leben lang hatte er gegen den Zorn gekämpft, der ihm das Blut verdickte und ihn zu unbeherrschbaren Ausbrüchen verleitete. Insgeheim fragte er sich, was aus ihm geworden wäre, wenn die Umstände ihm nicht so gute Vorwände böten, sich immer wieder kräftig abzureagieren. Filomena ging ganz auf ihn ein, aber Gilberto meinte, wenn ihm in fast siebzig Jahren Balanceakt auf dem Schlappseil nichts Schlimmes geschehen sei, dann gebe es keinen Grund, sich zu beunruhigen, denn der Schutzengel seines Bruders habe ja wohl bewiesen, wie tatkräftig er war.

»Engel gibt es nicht. Das sind semantische Irrtümer«, sagte Miguel.

»Red nicht so ketzerisch, Mensch.«

»Das waren einfache Boten, bis der heilige Thomas von Aquino diesen ganzen Schwindel erfand.«

»Willst du mir erzählen, daß die Feder des Erzengels Gabriel, die in Rom verehrt wird, aus dem Schwanz eines Geiers stammt?« fragte Gilberto lachend.

»Wenn du nicht an die Engel glaubst, glaubst du an gar nichts. Du solltest den Beruf wechseln«, warf Filomena ein.

»Man hat einige Jahrhunderte damit vergeudet, zu erörtern, wie viele von diesen Kreaturen auf einer Nadelspitze Platz haben. Wozu das? Die sollen ihre Energien nicht auf Engel verschwenden, sondern darauf, den Menschen zu helfen!«

Miguel hatte trotz mehrerer Operationen allmählich seine Sehkraft eingebüßt und war schon fast blind. Mit dem rechten Auge sah er gar nichts und mit dem linken nur wenig, er konnte damit nicht lesen, und es war sehr schwierig für ihn, seine nähere Umgebung zu verlassen, weil er sich in den Straßen verirrte. Er wurde immer stärker von Filomena abhängig, wenn er beweglich bleiben wollte. Sie begleitete ihn oder schickte ihm das Auto mit dem Chauffeur, Sebastián Canuto alias »El Cuchillo«, einem ehemaligen Sträfling, den Miguel aus dem Gefängnis geholt und auf den rechten Weg geführt hatte und der seit zwanzig Jahren für die Familie arbeitete. Während der politischen Wirren der letzten Jahre hatte El Cuchillo sich in den heimlichen Leibwächter des Priesters verwandelt. Wenn das Gerücht von einem Protestmarsch umging, gab Filomena ihm für den Tag frei, und er machte sich auf zu Miguels Vorort, versehen mit einem kräftigen Knüttel und einem Paar Schlagringen, die er in der Tasche versteckte. Er bezog auf der Straße Stellung, wartete, bis der Priester sein Haus verließ, und folgte ihm dann in sicherer Entfernung, bereit, ihn mit Prügeln zu verteidigen oder ihn an einen geschützten Ort zu schleppen, wenn die Lage es erforderte. Zum Glück war Miguel durch die Nebelwolke, in der er lebte, gehindert, diese Rettungsmanöver zu durchschauen, sonst wäre er sehr wütend geworden, denn er hätte es als ungerecht angesehen, über solchen Beistand zu verfügen, während die übrigen Demonstranten die Schläge, die Wasserstrahlen und die Tränengasschwaden aushalten mußten.

Als Miguels siebzigster Geburtstag herannahte, platzte in seinem linken Auge plötzlich ein Gefäß, und in wenigen Sekunden befand er sich in tiefster Dunkelheit. Es geschah in der Kirche auf einer Versammlung mit den Anwohnern, er sprach gerade über die Notwendigkeit, sich zu organisieren, um gegen die städtische Müllhalde vorzugehen, weil man nicht länger zwischen all dem Fliegengeschmeiß und all dem Fäulnisgestank leben könne. Viele Nachbarn standen der katholischen Religion ablehnend gegenüber, für sie gab es einfach keinen Beweis für die Existenz Gottes, im Gegenteil, die Leiden, die sie durchlebten, bezeugten unwiderleglich, daß das Weltall nur ein einziges Schlachtfeld war, aber auch sie betrachteten die Pfarrei als natürlichen Mittelpunkt der Armensiedlung. Das Kreuz, das Miguel auf der Brust trug, schien ihnen nur ein geringfügiges Übel zu sein, so etwas wie eine Altersschrulle. Der Priester ging nach seiner Gewohnheit auf und ab, während er sprach, als er plötzlich spürte, wie Schläfen und Herz zu rasen begannen und sein Körper sich mit klebrigem Schweiß bedeckte. Er schrieb das der Hitze der Diskussion zu, führte den Ärmel an die Stirn und schloß sekundenlang die Augen. Als er sie wieder öffnete, glaubte er sich in einen Strudel auf dem Meeresgrund versenkt, er nahm nur heftiges Wogen wahr, wirbelnde Flecke, alles schwarz in schwarz. Er streckte den Arm aus auf der Suche nach einem Halt.

»Sie haben uns das Licht abgesperrt«, sagte er, weil er an eine neue Schikane dachte.

Seine Freunde umringten ihn erschrocken. Pater Boulton war ein großartiger Genosse, der unter ihnen gelebt hatte, solange sie denken konnten. Bis jetzt hatten sie ihn für unbesiegbar gehalten, für einen kräftigen, muskelstarken Mannskerl mit der Stimmgewalt eines Sergeanten und einem Paar Maurerhände, die sich zwar zum Gebet falteten, aber eigentlich fürs Zuschlagen geschaffen schienen. Nun plötzlich begriffen sie, wie abgekämpft er war, sie sahen ihn vor sich, klein, zusammengeschrumpft, ein verrunzeltes Kind. Eine Schar Frauen bemühte sich recht und schlecht, ihm Erste Hilfe zu leisten, sie nötigten ihn, sich auf dem Boden auszustrecken, legten ihm nasse Tücher auf die Stirn, gaben ihm heißen Wein zu trinken, massierten ihm die Füße. Aber nichts brachte Erfolg, im Gegenteil, bei all dem Befühlen und Hantieren ging dem Kranken die Luft aus. Endlich gelang es Miguel, sich zu befreien und aufzustehen, bereit, sich diesem neuen Unglück zu stellen.

»Mich hat's erwischt«, sagte er, ohne die Ruhe zu verlieren. »Bitte holt meine Schwester, sagt ihr, daß ich in der Klemme stecke, aber gebt ihr keine Einzelheiten, damit sie sich nicht beunruhigt.«

Umgehend erschien Sebastián Canuto, mürrisch und wortkarg wie immer, und meldete, Señora Filomena könne die Folge der Fernsehserie nicht versäumen, und hier schicke sie ihm etwas Geld und einen Korb mit Lebensmitteln für seine Leute.

»Darum geht es diesmal nicht, Cuchillo. Ich bin anscheinend blind geworden.«

El Cuchillo packte ihn ins Auto, und ohne Fragen zu stellen, fuhr er ihn durch die ganze Stadt bis zum Haus der Boultons, das sich elegant in einem etwas verwilderten, aber immer noch herrschaftlichen Park erhob. Mit anhaltendem Hupen brachte er alle Bewohner auf die Beine, half dem Kranken aussteigen und schaffte ihn fast auf seinen Armen ins Haus, ganz erschüttert, ihn so blaß und fügsam zu sehen. Erste Tränen liefen über sein grobes Ganovengesicht, als er Gilberto und Filomena erklärte, was geschehen war.

»Heilandssack, Don Miguel kann nicht mehr gukken! Das hat uns gerade noch gefehlt!« El Cuchillo weinte hemmungslos.

»Red nicht unflätig vor dem Dichter«, sagte der Priester.

»Bring ihn ins Bett, Cuchillo«, ordnete Filomena an. »Das ist nichts Ernstes, sicherlich eine Erkältung. Das kommt davon, wenn man ohne Weste geht.«

»Die Zeit blieb stehen / es wintert Tag und Nacht / und reines Schweigen herrscht / auf Fühlern in die Schwärze...« begann Gilberto zu improvisieren.

»Sag der Köchin, sie soll eine Hühnerbrühe machen«, trug seine Schwester ihm auf, was ihn zum Schweigen brachte.

Der Hausarzt untersuchte Miguel und empfahl ihm dann, einen Augenarzt aufzusuchen. Am Tag darauf, nach leidenschaftlichen Ausführungen über die Gesundheit als Gabe Gottes und Recht des Volkes, die von dem infamen herrschenden System in das Privileg einer Kaste verwandelt worden sei, willigte der Kranke ein, zu einem Spezialisten zu gehen. Sebastián Canuto fuhr die drei Geschwister zum Hospital des südlichen Bezirks, dem einzigen von Miguel gebilligten Krankenhaus, denn hier versorgte man die Ärmsten der Armen. Die Blindheit hatte den Priester in die übelste Laune versetzt, er konnte den göttlichen Plan nicht begreifen, der ihn gerade dann zum Invaliden machte, wenn seine Dienste am meisten gebraucht wurden. An christliche Ergebung erinnerte er sich nicht einmal. Von Anfang an lehnte er es ab, geführt oder gestützt zu werden, er suchte sich lieber tastend selbst den

Weg, auch auf die Gefahr hin, sich die Knochen zu brechen, und das nicht so sehr aus Stolz als vielmehr, um sich so schnell wie möglich an die neue Behinderung zu gewöhnen. Filomena wies Sebastián Canuto heimlich an, die Richtung zu wechseln und sie in die Deutsche Klinik zu bringen, aber ihr Bruder, der den Geruch des Elends nur zu gut kannte, wurde mißtrauisch, als sie kaum die Schwelle dort überschritten hatten, und sein Verdacht bestätigte sich, als er im Fahrstuhl Musik hörte. Sie mußten ihn schleunigst wieder hinausbringen, ehe ein fürchterliches Donnerwetter losbrach.

Im Hospital warteten sie dann vier Stunden, die Miguel dazu nutzte, sich nach den Kümmernissen der übrigen Patienten im Saal zu erkundigen, während Filomena eine neue Weste anfing und Gilberto das Gedicht über die Fühler in die Schwärze weiterspann, das am Tag zuvor aus seinem Gemüt aufgestiegen war.

»Für das rechte Auge gibt es keine Heilung, und um dem linken ein wenig Sehkraft zurückzugeben, müßte man es erneut operieren«, sagte der Arzt, der sich endlich ihrer annahm. »Es hat schon drei Operationen hinter sich, und das Gewebe ist sehr geschwächt, das erfordert spezielle Techniken und Instrumente. Ich glaube, der einzige Ort, wo Sie es versuchen könnten, ist das Militärhospital...«

»Niemals!« unterbrach ihn Miguel. »Niemals setze ich meinen Fuß in diese Höhle der Gottlosen!«

Der Arzt fuhr erschrocken zusammen und zwinkerte der Schwester entschuldigend zu, die sich mit einem wissenden Lächeln abwandte.

»Sei doch nicht so eigensinnig, Miguel! Das ist doch nur für ein paar Tage, ich glaube nicht, daß du damit deine Prinzipien verrätst. Niemand kommt dafür in die Hölle!« redete Filomena auf ihn ein, aber ihr Bruder erwiderte, lieber würde er für den Rest seines Lebens blind bleiben, als den Militärs das Vergnügen zu gönnen, ihm sein Augenlicht wiedergegeben zu haben. In der Tür hielt der Arzt ihn am Arm zurück.

»Einen Augenblick, Pater... Haben Sie schon von der Klinik des Opus Dei gehört? Dort arbeiten sie auch mit ganz modernen Mitteln.«

»Opus Dei?« rief der Priester aus. »Haben Sie Opus Dei gesagt?«

Filomena versuchte ihn aus dem Sprechzimmer zu ziehen, aber er klammerte sich am Türrahmen fest, um den Doktor darüber aufzuklären, daß er auch diese Leute nie um einen Gefallen bitten würde.

»Aber wieso ... sind das denn keine Katholiken?«

»Das ist ein Haufen reaktionärer Pharisäer!« – »Verzeihen Sie...«, stammelte der Arzt.

Im Wagen dann setzte er dem Chauffeur und seinen Geschwistern gründlich auseinander, daß das Opus Dei kein Werk Gottes sei, auch wenn sie sich so nannten, sondern eine ganz finstere Organisation, die mehr damit beschäftigt sei, das Gewissen der Oberklasse zu beruhigen, als die zu speisen, die vor Hunger stürben, und eher ginge ein Kamel durch ein Nadelöhr, als daß ein Reicher in den Himmel käme, und mehr in dieser Art. Er fügte hinzu, das soeben Erlebte beweise einmal mehr, wie schlecht die Dinge im Lande stünden, wo die Privilegierten sich anständig auskurieren könnten und die übrigen sich mit Kräutertees des Erbarmens und Breiumschlägen der Demütigung bescheiden müßten. Zuletzt verlangte er, sofort nach Hause gebracht zu werden, weil er seine Geranien begießen und die Sonntagspredigt vorbereiten müsse.

»Ich stimme zu«, sagte unvermittelt Gilberto, den die Stunden des Wartens und der Anblick von soviel Unglück und soviel Häßlichkeit in dem Hospital tief deprimiert hatten. Er war an solcherart Anstalten nicht gewöhnt.

»Wem stimmst du zu?« fragte Filomena.

»Daß wir nicht ins Militärhospital gehen können, das wäre mehr als abgeschmackt. Aber wir können doch dem Opus Dei eine Chance geben, meint ihr nicht?«

»Was redest du bloß!« widersprach sein Bruder.

»Ich habe dir doch erklärt, was ich von ihnen halte!«

»Jeder würde sagen, wir können es nicht bezahlen!« behauptete Filomena, die drauf und dran war, die Geduld zu verlieren.

»Man vergibt sich doch nichts, wenn man sich mal umschaut«, schlug Gilberto vor und wischte sich mit dem parfümierten Taschentuch über den Nakken.

»Diese Leute sind so damit beschäftigt, ihre Gelder auf den Banken zu bewegen und mit goldenen Nadeln Meßgewänder zu sticken, daß sie keine Lust mehr haben, die Bedürfnisse anderer zu sehen. Den Himmel gewinnt man nicht durch gebeugte Knie, sondern ...«

»Aber Sie sind nicht arm, Don Miguel«, unterbrach ihn Sebastián Canuto, der ratlos das Lenkrad umklammerte.

»Beleidige mich nicht, Cuchillo. Ich bin so arm wie du. Kehr um und bring uns zu dieser Klinik, damit wir unserm Dichter beweisen, daß er wie immer auf Wolken wandelt.«
Sie wurden von einer liebenswürdigen Dame empfangen, die sie ein Formular ausfüllen ließ und ihnen Kaffee anbot. Fünfzehn Minuten später betraten die drei das Sprechzimmer.
»Vor allem andern, Doktor, möchte ich wissen, ob Sie auch zum Opus Dei gehören oder hier nur arbeiten«, sagte der Priester.
»Ich gehöre zum Werk«, antwortete der Arzt mit sanftem Lächeln.
»Wieviel kostet die Konsultation?« Der Ton des Priesters verhehlte nicht seinen Sarkasmus.
»Haben Sie finanzielle Probleme, Pater?« – »Sagen Sie mir nur, wieviel.«
»Nichts, wenn Sie nicht bezahlen können. Spenden sind freiwillig.«
Einen kurzen Augenblick hatte es Pater Boulton die Rede verschlagen, aber die Verwirrung hielt nicht lange an.
»Das alles hier sieht nicht aus wie ein Werk, das der Wohltätigkeit geweiht ist.«
»Es ist eine Privatklinik.«
»Aha ... hier kommen nur die her, die sich Spenden leisten können.«
»Hören Sie, Pater, wenn es Ihnen nicht gefällt, schlage ich vor, Sie gehen wieder«, entgegnete der Arzt. »Aber Sie werden nicht verschwinden, bevor ich Sie untersucht habe. Wenn Sie wollen, bringen Sie mir alle Ihre Schützlinge, wir werden sie hier aufs beste versorgen, und dafür bezahlen sie, was sie eben können. Und jetzt sitzen Sie still und machen schön die Augen auf!«

Nach einer sorgfältigen Untersuchung bestätigte der Arzt die vorige Diagnose, doch er war nicht sehr optimistisch.
»Wir verfügen hier über ein hervorragendes Ärzteteam, aber es handelt sich um eine sehr heikle Operation. Ich will Sie nicht belügen, Pater, nur ein Wunder kann Ihnen die Sehkraft wiedergeben«, schloß er.
Miguel war so betreten, daß er ihm kaum zuhörte, aber Filomena hatte plötzlich eine Hoffnung, an die sie sich klammern konnte. »Ein Wunder, sagen Sie?«
»Nun ja, das ist so eine Redensart, Señora. Im Grunde kann nichts und niemand ihm garantieren, daß er wieder sehen wird.«
»Wenn Sie ein Wunder wollen, dann weiß ich, wo wir es bekommen können«, sagte Filomena und packte ihr Strickzeug in die Tasche. »Vielen Dank, Doktor. Bereiten Sie nur schon alles für die Operation vor, wir sind bald zurück.«
Als sie wieder im Auto saßen, Miguel schweigsam zum ersten Mal seit langer Zeit und Gilberto ermattet von den Erschütterungen des Tages, wies Filomena den Chauffeur an, Kurs auf die Berge zu nehmen. Sebastián Canuto warf ihr einen Seitenblick zu und grinste begeistert. Er hatte schon früher seine Patrona in diese Richtung gefahren und hatte es nie gern getan, denn der Weg wand sich in endlosen Schlangenlinien, aber diesmal befeuerte ihn der Gedanke, dem Mann zu helfen, den er am meisten auf der Welt verehrte.
»Wohin fahren wir denn jetzt?« murmelte Gilberto, sich zu britischer Höflichkeit ermannend, um nicht vor Müdigkeit zusammenzubrechen.
»Schlaf du lieber, die Reise ist lang. Wir fahren zur

Grotte der Juana von den Lilien«, erklärte seine Schwester.

»Du mußt verrückt sein!« rief der Priester verblüfft aus.

»Sie ist eine Heilige.«

»Das ist reiner Blödsinn. Die Kirche hat sie nicht anerkannt.«

»Der Vatikan läßt sich hundert Jahre Zeit, ehe er einen Heiligen anerkennt. So lange können wir nicht warten«, sagte Filomena energisch.

»Wenn Miguel schon nicht an Engel glaubt, wird er noch weniger an kreolische Heilige glauben, zumal diese Juana aus einer Grundbesitzerfamilie kommt«, seufzte Gilberto.

»Das hat nichts zu sagen, sie hat in Armut gelebt. Setz Miguel keine Flausen in den Kopf«, sagte Filomena.

»Wenn ihre Familie nicht bereit wäre, ein Vermögen dafür zu verschwenden, einen eigenen Heiligen zu haben, dann wüßte kein Mensch von ihrer Existenz«, unterbrach der Priester sie.

»Sie wirkt mehr Wunder als irgendeiner von deinen ausländischen Heiligen.«

»Jedenfalls erscheint es mir reichlich anmaßend, eine besondere Behandlung zu verlangen. Krankheit hin oder her, ich bin niemand und habe nicht das Recht, den Himmel mit persönlichen Ansprüchen in Bewegung zu setzen«, schnaubte der Blinde.

Juanas Ruf wurde begründet, als nach ihrem frühen Tod die Bauern der Umgebung, die sie wegen ihres frommen Lebens und ihrer wohltätigen Werke bewundert hatten, zu ihr zu beten begannen und sie um ihren Beistand anflehten. Bald raunte man, die Verstorbene könne Wunder wirken, das

Gerücht schwoll an und gipfelte in dem Wunder des Forschers, wie sie es nannten. Der Mann war zwei Wochen im Gebirge herumgeirrt, und als die Rettungsmannschaften schon die Suche aufgegeben hatten und im Begriff waren, ihn für tot zu erklären, tauchte er völlig erschöpft und ausgehungert, aber sonst wohlbehalten wieder auf. In seinen Erklärungen an die Presse erzählte er, in einem Traum habe er die Gestalt eines jungen Mädchens in einem langen Gewand gesehen, das einen Strauß Blumen in den Armen gehalten habe. Als er erwachte, spürte er den starken Duft von Lilien und wußte nun ohne jeden Zweifel, daß der Traum eine himmlische Botschaft gewesen war. Er folgte dem durchdringenden Blumenduft, und es gelang ihm, jenem Labyrinth von Engpässen und Abgründen zu entkommen und endlich einen Weg zu erreichen. Als man ihm ein Bild Juanas vorlegte, bezeugte er, daß sie das Mädchen in seiner Vision gewesen war. Juanas Familie ließ es sich angelegen sein, die Geschichte zu verbreiten, sie bauten eine Grotte an dem Ort, wo sie dem Forscher erschienen war, und setzten alle erreichbaren Mittel in Bewegung, um den Fall vor den Vatikan zu bringen. Bis zum gegenwärtigen Zeitpunkt war jedoch noch keine Antwort von der Kurienkongregation gekommen. Der Heilige Stuhl glaubte nicht an überstürzte Entscheidungen, er hatte viele Jahrhunderte lang seine Macht sparsam ausgeübt und erwartete, das noch viele Jahrhunderte länger zu tun, und daher hatte er es mit nichts eilig und schon gar nicht mit Selig- und Heiligsprechungen. Er erhielt zahlreiche Zeugnisse aus dem südamerikanischen Kontinent, wo fortwährend Propheten, Betbrüder, Prediger, Säulenheilige, Märtyrer,

Jungfrauen, Anachoreten und andere Originale auftauchten und von der Bevölkerung verehrt wurden, aber das war kein Grund, sich für jeden einzelnen zu begeistern. Es brauchte große Behutsamkeit in diesen Dingen, denn jeder falsche Schritt konnte ins Lächerliche führen, vor allem in diesen Zeiten des Pragmatismus, wo die Ungläubigkeit den Glauben übertrumpfte. Doch Juanas fromme Anhänger warteten den Spruch aus Rom nicht ab, um sie als Heilige auszurufen. Bildchen und Medaillen mit ihrem Antlitz wurden verkauft, und jeden Tag standen Anzeigen in der Zeitung, in denen ihr für erwiesenen Beistand gedankt wurde. In der Grotte wurden so viele Lilien gepflanzt, daß der Geruch die Pilger betäubte. Die brennenden Öllampen, Wachskerzen und Fackeln erzeugten eine Rauchwolke, die hartnäckig im Raum hing, und das Echo der Gesänge und Gebete hallte von den Felsen wider und verwirrte die Kondore in ihrem Flug. In kurzer Zeit füllte sich die Stätte mit Gedenktafeln, jeder Art von orthopädischen Apparaten und Miniaturnachahmungen von menschlichen Organen, von den Gläubigen als Beweis für eine übernatürliche Heilung dort zurückgelassen. Durch eine öffentliche Sammlung kam genug Geld ein, um den Weg zu pflastern, und nach zwei Jahren hatte man eine Straße, die zwar voller Kurven, aber befahrbar war und die Hauptstadt mit der Kapelle verband.

Die Geschwister Boulton erreichten mit Anbruch der Nacht ihr Ziel. Sebastián Canuto half den drei Alten den Pfad hinauf, der zur Grotte führte. Trotz der späten Stunde fehlte es nicht an Andächtigen, die einen krochen auf den Knien über die Steine, von hilfreichen Verwandten gestützt, andere beteten laut oder entzündeten Kerzen vor einer Gipsstatue der Seligen. Filomena und El Cuchillo knieten nieder, um ihr Anliegen vorzubringen, Gilberto setzte sich auf eine Bank, um über die Wendungen nachzudenken, die das Leben nehmen kann, und Miguel blieb aufrecht stehen und knurrte, wenn es schon darum ging, um Wunder zu bitten, warum beteten sie nicht lieber dafür, daß der Tyrann stürzte und die Demokratie ein für allemal zurückkehrte.

Wenige Tage später operierten die Ärzte des Opus Dei das linke Auge kostenlos, nachdem sie die Geschwister davor gewarnt hatten, sich großen Illusionen hinzugeben. Der Priester hatte Filomena und Gilberto dringlich gebeten, nicht die kleinste Bemerkung über Juana von den Lilien zu machen, er hatte genug an der Demütigung zu schlucken, daß seine ideologischen Widersacher ihm halfen. Kaum wurde er entlassen, nahm Filomena ihn mit nach Hause, ohne seine Proteste zu beachten. Miguel prangte in einem riesigen Verband, der sein halbes Gesicht bedeckte, und war sehr angegriffen von allem, was geschehen war, aber seine Bescheidenheit war die alte geblieben. Er erklärte, er wünsche keine Privatpflege in Anspruch zu nehmen, und so mußte die für diese Gelegenheit eingestellte Krankenschwester wieder verabschiedet werden. Filomena und der treue Sebastián Canuto übernahmen es, ihn zu betreuen, was keine leichte Aufgabe war, denn der Kranke war übelster Laune, hielt es im Bett nicht aus und wollte nichts essen.

Die Anwesenheit des Priesters veränderte die eingefahrenen Gewohnheiten des Hauses aufs gründlichste. Die Rundfunksender der Opposition und die Stimme Moskaus auf Kurzwelle dröhnten zu jeder Stunde, und ein ständiger Strom von mitfühlenden Bewohnern aus Miguels Vorort kam den Kranken besuchen. Sein Zimmer füllte sich mit bescheidenen Geschenken: Zeichnungen von Schulkindern, Kuchen, in Konservendosen gezogenen Kräutern und Blumen, einem Huhn für die Suppe und sogar einem zwei Monate alten Hündchen, das auf die persischen Teppiche pinkelte und die Stuhlbeine annagte und das ihm ein Nachbar gebracht hatte in der Vorstellung, man könne es zum Blindenhund abrichten.

Doch seine Genesung schritt rasch voran, und am dritten Tag nach der Operation rief Filomena den Arzt an, um ihm mitzuteilen, daß ihr Bruder schon gut sehen konnte.

»Aber ich habe Ihnen doch gesagt, er darf die Binde nicht abnehmen!« rief der Arzt aus.

»Den Verband hat er noch drauf. Jetzt sieht er mit dem anderen Auge«, erklärte die Señora.

»Mit welchem anderen Auge?«

»Aber Doktor, mit dem auf der anderen Seite, mit dem, das blind war!«

»Das kann nicht sein! Ich komme sofort hin. Er darf sich unter keinen Umständen bewegen!« wies der Arzt sie an.

Im Haus der Boultons fand er einen sehr munteren Patienten vor, der Bratkartoffeln aß und sich, den Hund auf den Knien, die Fernsehserie anschaute. Auch wenn er es kaum glauben konnte, stellte er doch fest, daß der Priester ohne jede Schwierigkeit mit dem Auge sah, das acht Jahre lang blind gewesen war, und als er ihm die Binde abnahm, wurde offenkundig, daß er auch mit dem operierten Auge sah.

Pater Miguel feierte seinen siebzigsten Geburtstag in der Pfarrei. Seine Schwester Filomena und ihre Freundinnen kamen mit einer Karawane von Autos, die vollgeladen waren mit Torten, Pasteten, Delikatessen, Körben voll Obst und Krügen voll Schokolade, und an der Spitze fuhr El Cuchillo, der viele Liter Wein und Schnaps brachte, als Mandelmilchflaschen maskiert. Der Priester zeichnete auf großen Papierbögen die Geschichte seines gefahrenreichen Lebens auf und befestigte sie an den Wänden der Kirche. Mit einem Anflug von Selbstverspottung erzählte er darin von den Wechselfällen des Glücks in seinem Amt, angefangen von dem Augenblick, als der Ruf Gottes den Fünfzehnjährigen getroffen hatte wie ein Keulenhieb ins Genick, über seinen Kampf gegen die Todsünden, vor allem die der Völlerei und der Wollust und später die des Zorns, bis zu seinen jüngsten Abenteuern in den Polizeikasernen in einem Alter, in dem andere Leutchen sich in einem Schaukelstuhl wiegen und die Sterne zählen. Er hatte ein Bild Juanas, mit einer Blumengirlande umkränzt, neben die unvermeidlichen roten Fahnen gehängt.

Die Feier begann mit einer Messe, die durch vier Gitarren belebt wurde, und alle Nachbarn nahmen daran teil. Lautsprecher waren aufgestellt, damit die Menge, die die Straße überflutete, der Zeremonie folgen konnte. Nach dem Segen traten ein paar Leute vor, um von einem neuen Fall von Behördenmißbrauch zu berichten, aber Filomena nahte mit großen Schritten und verkündete, jetzt sei es einmal genug der Klagen und an der Zeit, sich zu vergnügen. Alle gingen in den Patio, jemand winkte den Musikern, und augenblicklich begannen Tanz und Schmauserei. Die Damen aus dem feinen Viertel trugen die Speisen auf, während El Cuchillo Feuerwerkskörper entzündete und der Priester, umgeben von all seinen Pfarrkindern und Freunden, einen Charleston tanzte, um zu beweisen, daß er nicht nur sehen konnte wie ein Adler, sondern daß es auch niemanden gab, der es ihm bei einer Lustbarkeit gleichtun konnte.

»Diese Volksfeste haben so gar nichts Poetisches«, stellte Gilberto nach dem dritten Glas falscher Mandelmilch fest, aber sein englischer Lord-Überdruß konnte nicht vertuschen, daß er sich ausgezeichnet amüsierte.

»Los, Priesterchen, erzähl uns von dem Wunder!« rief einer, und die übrigen Gäste schlossen sich der Bitte an.

Don Miguel hieß die Musik schweigen, brachte seine Kleider in Ordnung, fuhr sich mit der Hand glättend über die wenigen Haarbüschel, die sein Haupt krönten, und mit einer vor Dankbarkeit rauhen Stimme berichtete er von seinem Erlebnis mit Juana von den Lilien, ohne deren Eingreifen alle Kunstfertigkeiten der Wissenschaft und der Technik fruchtlos geblieben wären.

»Wenn sie wenigstens eine proletarische Selige wäre, das würde es leichter machen, ihr zu trauen«, sagte einer dreist, und allgemeines Gelächter stimmte ihm zu.

»Macht mir ja keinen Mist mit dem Wunder, sonst wird die Heilige am Ende noch böse auf mich, und ich bin wieder blind wie ein Katzenjunges«, schimpfte Pater Miguel entrüstet. »Und jetzt stellt euch alle in einer Reihe auf, denn ihr sollt mir einen Brief an den Papst unterschreiben.«

Und so, unter Gelächter und vielen Schlucken

Wein, unterzeichneten alle Einwohner die Bittschrift zur Seligsprechung der Juana von den Lilien.

Verdorbenes Kind

Mit elf Jahren war Elena Mejías noch ein unterernährtes Würmchen mit der glanzlosen Haut der einsamen Kinder, mit ein paar verspäteten Milchzahnlücken im Mund, mausfarbenem Haar und überall hervortretenden Knochen, die zu groß für sie schienen und besonders an Knien und Ellbogen herauszuwachsen drohten. Nichts in ihrem Äußeren verriet ihre hitzigen Träume, nichts kündete die Frau an, die sie später sein würde. Unbeachtet ging sie zwischen den billigen Möbeln und den ausgeblichenen Vorhängen in der Pension ihrer Mutter umher. Sie war nur ein trübsinniges kleines Etwas, das zwischen den staubigen Geranien und den großen Farnen im Patio spielte oder mit den Platten für das Abendessen zwischen Küchenherd und Speisezimmer hin und her lief. Selten bemerkte sie ein Gast, und wenn er es tat, dann nur, um ihr aufzutragen, sie solle die Kakerlakennester mit Insektengift besprühen oder den Tank im Bad füllen, wenn das kreischende Pumpengerippe sich weigerte, das Wasser bis in den zweiten Stock hinaufzubefördern. Ihre Mutter, erschöpft von der Hitze und der Hausarbeit, hatte weder Sinn für Zärtlichkeiten noch die Zeit, ihre Tochter zu beobachten, und so merkte sie gar nicht, wann Elena anfing, sich in ein anderes Geschöpf zu verwandeln. In den ersten Jahren ihres Lebens war sie ein stilles, schüchternes Kind gewesen, das sich mit geheimnisvollen Spielen unterhielt, in den Zim-

merecken mit sich selber sprach und am Daumen lutschte. Sie verließ das Haus nur, um in die Schule oder auf den Markt zu gehen, sie schien gleichgültig gegen die Kinder ihres Alters, die in lärmenden Rudeln auf der Straße spielten.
Elenas Verwandlung begann mit der Ankunft von Juan José Bernal, dem Meister des Belcanto, wie er sich selber nannte und wie ein Plakat ihn ankündigte, das er an die Wand seines Zimmers heftete. Die Pensionsgäste waren in der Mehrheit Studenten oder kleine Verwaltungsangestellte. Damen und Herren von Stand, wie ihre Mutter sagte, die sich rühmte, nicht all und jeden unter ihrem Dach aufzunehmen, sondern nur anständige Leute, von denen man wußte, wo sie beschäftigt waren, die gute Manieren hatten, zahlungsfähig genug waren, um ihre Miete einen Monat im voraus auf den Tisch zu legen, und die bereit waren, sich an die Regeln der Pension zu halten, die eher denen eines Priesterseminars glichen als denen einer Beherbergungseinrichtung. Eine Witwe muß auf ihren guten Ruf achten und sich Respekt zu verschaffen wissen, ich möchte nicht, daß aus meiner Pension ein Schlupfwinkel für Vagabunden und verkommene Elemente wird, wiederholte die Mutter oft, damit niemand – und schon gar nicht Elena – es vergäße. Eine der Aufgaben des Kindes war es, die Gäste zu beobachten und der Mutter jede verdächtige Kleinigkeit zu berichten. Diese Spitzelei hatte das Unkörperliche des Mädchens noch verstärkt, sie tauchte ein in das Dunkel der Zimmer, war still vorhanden und erschien plötzlich, als kehrte sie soeben aus einer unsichtbaren Dimension zurück. Mutter und Tochter versahen gemeinsam die zahlreichen Arbeiten in der Pension, jede schweigend

in ihre gewohnten Pflichten vertieft, ohne die Notwendigkeit, sich einander mitzuteilen. Sie sprachen überhaupt wenig, allenfalls in der freien Stunde der Siesta, und dann sprachen sie über die Gäste. Bisweilen versuchte Elena, das graue Leben dieser vorüberziehenden Frauen und Männer auszuschmücken, die kamen und gingen, ohne eine Erinnerung zu hinterlassen, sie schrieb ihnen außergewöhnliche Erlebnisse zu, gab ihnen Farbe, indem sie sie mit einer heimlichen Liebe oder einer Tragödie bedachte, aber ihre Mutter hatte einen sicheren Instinkt, ihren Phantastereien auf die Spur zu kommen. Ebenso wie sie es erriet, wenn ihre Tochter ihr eine Information vorenthielt. Sie hatte einen durch nichts zu erschütternden praktischen Sinn und eine ganz klare Vorstellung, was unter ihrem Dach vor sich ging, sie wußte genau, was jeder zu jeder Stunde des Tages oder der Nacht tat, wieviel Zucker noch in der Speisekammer war, für wen das Telefon läutete oder wo die Schere hingekommen war. Sie war einmal eine fröhliche, hübsche Frau gewesen, ihre plumpen Kleider konnten kaum die Ungeduld eines noch jungen Körpers bändigen, aber sie hatte sich so viele Jahre mit schäbigen Kleinigkeiten abgeben müssen, daß die Frische ihres Geistes und ihre Lust am Leben vertrocknet waren.

Als jedoch Juan José Bernal kam und nach einem Zimmer fragte, veränderte sich für sie alles, und auch für Elena. Die Mutter, bezaubert von der anmaßenden klangvollen Stimme des Meisters des Belcanto und der Andeutung von Berühmtheit, die aus dem Plakat sprach, handelte gegen ihre eigenen Regeln und nahm ihn in die Pension auf, obwohl er in nichts ihrem Idealbild eines Gastes entsprach. Bernal sagte, er singe des Nachts und müsse deshalb am Tage schlafen, er habe im Augenblick kein Engagement und könne also nicht einen Monat im voraus bezahlen, und er sei peinlich genau in seinen Eßgewohnheiten und seiner Hygiene, er sei Vegetarier, und er brauche zwei Duschen am Tag. Entgeistert sah Elena, wie ihre Mutter den neuen Gast ohne weiteres ins Buch eintrug und ihn zu seinem Zimmer führte, wobei sie sich damit abplagte, seinen schweren Koffer zu schleppen, während er den Gitarrenkasten und die Papprolle trug, in der sein kostbares Plakat steckte. Unauffällig gegen die Wand gedrückt, folgte ihnen das Kind treppauf und bemerkte den gespannten Ausdruck im Gesicht des neuen Gastes, mit dem er die schweißfeuchten Pobacken ihrer Mutter anstarrte, die sich unter der daran klebenden Baumwollschürze abzeichneten. Als sie das Zimmer betraten, schaltete Elena den Ventilator an, und die großen Flügel begannen sich mit dem Knirschen rostigen Eisens zu drehen.

Von diesem Tag an änderte sich einiges in den Gewohnheiten des Hauses. Es gab mehr Arbeit, denn Bernal schlief in den Stunden, in denen die übrigen Gäste außer Haus waren, er hielt das Bad stundenlang besetzt, verschlang eine überwältigende Menge Grünfutter, das sie getrennt zubereiten mußten, benutzte fortwährend das Telefon und holte sich das Bügeleisen, um seine modischen Hemden zu bügeln, ohne daß die Wirtin der Pension ihm die Sonderleistungen aufgerechnet hätte. Elena kam in der Siestasonne aus der Schule, wenn der Tag unter einem schrecklichen weißen Licht dahinwelkte, aber zu dieser Stunde lag er noch in seinem ersten Schlaf. Auf Anweisung ihrer Mutter zog sie die Schuhe aus, um die künstliche Ruhe nicht zu verletzen, in der das Haus gefangen schien. Inzwischen war es ihr aufgefallen, daß die Mutter sich von Tag zu Tag veränderte. Im Grunde hatte sie die Zeichen von Anfang an bemerkt, sehr viel eher, als die Gäste der Pension hinter dem Rücken der Wirtin zu tuscheln anfingen. Das erste war der Geruch, ein beständiger Blumenduft, der von der Frau ausging und hinter ihr in den Zimmern hängenblieb. Elena kannte jeden Winkel des Hauses, und dank ihrer Gewohnheit, alles auszuspionieren, fand sie das Parfumfläschchen hinter den Reispaketen und den Konservengläsern in der Speisekammer. Dann entdeckte sie den dunklen Lidstrich, den Tupfer Rot auf den Lippen, die neue Unterwäsche, das plötzliche Lächeln, wenn Bernal gegen Abend endlich herunterkam, frisch gebadet, mit noch feuchtem Haar, und sich in der Küche an den Tisch setzte, um seine sonderbaren Fakirgerichte herunterzuschlingen. Die Mutter setzte sich ihm gegenüber, und er erzählte Episoden aus seinem Künstlerleben und begeisterte sich an seinen eigenen Heldenstücken mit einem Lachen, das ganz tief aus dem Bauch kam.

In den ersten Wochen haßte Elena diesen Mann, der das ganze Haus und die ganze Aufmerksamkeit ihrer Mutter für sich beanspruchte. Alles an ihm stieß sie ab, sein mit Brillantine geöltes Haar, seine lackierten Fingernägel, sein Tick, mit einem Hölzchen in den Zähnen zu stochern, seine Pedanterie und die Unverschämtheit, mit der er sich bedienen ließ. Sie fragte sich, was ihre Mutter in ihm sehen mochte, er war doch nur ein blöder Angeber, ein Sänger in elenden Vergnügungslokalen, von dem niemand je gehört hatte, oder vielleicht war er auch nur ein Gauner, wie Señorita Sofía, eine der ältesten Pensionsgäste, flüsternd vermutet hatte. Aber dann, an einem heißen Sonntagabend, als es nichts mehr zu tun gab und die Stunden zwischen den Wänden festzukleben schienen, kam Juan José Bernal mit seiner Gitarre in den Patio, setzte sich auf die Bank unter dem Feigenbaum und begann die Saiten anzuschlagen. Der Klang zog die Gäste an, die einer nach dem andern auftauchten, zuerst ein wenig schüchtern, ohne recht zu begreifen, was da vor sich ging, die aber dann begeistert die Stühle aus dem Speisezimmer heranschleppten und es sich rund um den Meister des Belcanto bequem machten. Bernal hatte eine recht gewöhnliche Stimme, aber er war in Geberlaune und sang mit viel Witz. Er kannte all die alten Boleros und Rancheras der mexikanischen Volksmusik und auch ein paar mit Derbheiten und Flüchen gemischte Guerillerolieder, bei denen die Frauen erröteten. Zum erstenmal, soweit das Kind zurückdenken konnte, gab es im Haus eine Festlichkeit. Als es dunkelte, zündeten sie zwei Paraffinlampen an und hängten sie in die Bäume, und die Mutter brachte Bier und die Flasche Rum, die für Erkältungen reserviert war. Elena reichte zitternd die Gläser herum, sie spürte die zornigen Worte dieser Lieder und das Klagen der Gitarre in jeder Faser ihres Körpers wie Fieber. Ihre Mutter schlug mit dem Fuß den Takt. Plötzlich sprang sie auf, ergriff Elena bei den Händen, und beide begannen zu tanzen, und sofort taten die andern es ihnen nach, selbst Señorita Sofía, die sich schrecklich zierte und immerfort erregt lachen mußte. Eine lange Zeit folgte Elena dem Rhythmus, den Bernals Stimme angab, sie drückte sich an den Körper ihrer

Mutter, sog den neuen Blumenduft ein und war vollkommen glücklich. Dann jedoch merkte sie, daß die Mutter sie sanft von sich schob, sich von ihr löste, um allein weiterzutanzen. Mit geschlossenen Augen und zurückgeworfenem Kopf wiegte sich die Frau wie ein Leintuch, das im leichten Wind trocknet. Elena ging auf ihren Platz, und auch die andern nahmen nach und nach ihre Stühle wieder ein und ließen die Wirtin der Pension allein in der Mitte des Patios, in ihren Tanz versunken.

Seit diesem Abend betrachtete das Kind Bernal mit neuen Augen. Sie vergaß, daß sie seine Brillantine, seine Zahnstocher und seine Anmaßung verabscheute, und wenn sie ihn vorübergehen sah oder ihn sprechen hörte, dachte sie wieder an die Lieder jenes überraschenden Festes und spürte wieder das Glühen auf der Haut und die Verwirrung im Herzen, ein Fieber, das sie nicht in Worte zu fassen wußte. Sie beobachtete ihn verstohlen von fern, und so entdeckte sie, was sie vorher nicht wahrzunehmen verstanden hatte, seine breiten Schultern, seinen starken Nacken, den sinnlichen Bogen seiner kräftigen Lippen, die Anmut seiner langen, schmalen Hände. Ein unerträgliches Verlangen durchdrang sie, sich ihm zu nähern und das Gesicht auf seine braune Brust zu pressen, auf das Schwingen des Atems in seinen Lungen und auf den Schlag seines Herzens zu hören, seinen Geruch einzusaugen, einen Geruch, von dem sie wußte, daß er herb und durchdringend war wie gegerbtes Leder oder Tabak. Sie stellte sich vor, wie sie in seinen Haaren spielte, über die Muskeln des Rükkens und der Beine strich, die Form seiner Füße erkundete, wie sie sich in Rauch verwandelte, um durch den Mund in ihn einzuziehen und ihn ganz und gar auszufüllen. Aber wenn er den Blick hob und dem ihren begegnete, rannte Elena davon und versteckte sich im dichtesten Gebüsch des Patios. Bernal hatte sich all ihrer Gedanken bemächtigt, das Kind konnte es kaum ertragen, wie unbeweglich die Zeit verharrte, wenn sie fern von ihm war. In der Schule bewegte sie sich wie im Traum, blind und taub gegen alles außer den Bildern in ihrem Innern, wo sie nur ihn sah. Was tat er wohl in diesem Augenblick? Vielleicht schlief er, bäuchlings auf dem Bett bei geschlossenen Rolläden, das Zimmer im Dämmerlicht, die heiße Luft von den Flügeln des Ventilators bewegt, ein Schweißrinnsal zieht sich seine Wirbelsäule entlang, das Gesicht ist im Kopfkissen vergraben. Beim ersten Ton der Schulglocke rannte sie nach Hause, betend, er möge noch nicht aufgestanden sein und sie die Zeit haben, sich zu waschen, ein sauberes Kleid anzuziehen und sich in die Küche zu setzen, um auf ihn zu warten, wobei sie so tun würde, als machte sie ihre Aufgaben, damit die Mutter sie nicht gleich mit Hausarbeiten überhäufte. Und wenn sie ihn dann pfeifend aus dem Bad kommen hörte, war sie halbtot vor Ungeduld und Furcht und ganz sicher, daß sie vor Wonne sterben würde, wenn er sie berühren oder auch nur ansprechen sollte, und sie sehnte sich danach, daß das geschehen möge, war aber gleichzeitig vorbereitet, sich zwischen den Möbeln unsichtbar zu machen, denn sie konnte ohne ihn nicht leben, konnte jedoch ebensowenig seiner verbrennenden Gegenwart standhalten. Verstohlen folgte sie ihm im Haus überallhin, bediente ihn mit jeder Kleinigkeit, erriet seine Wünsche und brachte ihm, was er brauchte, ehe er darum bat, aber sie bewegte sich immer in ihrem

Schattenbereich, um ihre Anwesenheit nicht zu verraten.
In den Nächten konnte Elena nicht schlafen, weil er nicht im Hause war. Sie stieg aus ihrer Hängematte und strich wie ein Gespenst durch das erste Stockwerk, bis sie allen Mut zusammennahm und endlich Bernals Zimmer betrat. Sie schloß die Tür hinter sich und schob den Rolladen ein wenig hoch, damit von draußen Licht hereindrang und das Ritual beleuchtete, das sie erfunden hatte, um sich dessen zu bemächtigen, was als Teil der Seele dieses Mannes seiner Habe eingeprägt war. In der schwarzen Scheibe des Spiegels, die schimmerte wie eine Schlammlache, betrachtete sie sich lange, denn hier hatte er hineingeblickt, und die Spuren der beiden Bilder konnten zu einer Umarmung verschmelzen. Sie näherte sich dem Glas mit weit offenen Augen, sah sich selbst mit seinen Augen, küßte ihre eigenen Lippen mit einem harten, kalten Kuß, den sie sich heiß vorstellte wie von einem Männermund. Sie spürte die Oberfläche des Spiegels an ihrer Brust, und die winzigen Erdbeeren ihrer Brustwarzen stellten sich auf und lösten einen dumpfen Schmerz aus, der durch sie hinlief und an einem Punkt genau zwischen ihren Beinen innehielt. Sie suchte diesen Schmerz wieder und wieder. Aus dem Schrank nahm sie ein Hemd und Bernals Schuhe und zog sie sich an. Sie trat ein paar Schritte durch das Zimmer, sehr vorsichtig, um kein Geräusch zu machen. So gekleidet, stöberte sie in seinen Schubfächern, kämmte sich mit seinem Kamm, lutschte an seiner Zahnbürste, leckte an seiner Rasiercreme, streichelte seine schmutzige Wäsche. Dann, ohne zu wissen, warum sie es tat, zog sie sein Hemd, die Schuhe und ihr Nachthemd

aus und legte sich nackt auf Bernals Bett, atmete gierig seinen Geruch und rief seine Wärme herbei, um sich darin einzuhüllen. Sie berührte sich am ganzen Körper, beginnend mit der Form ihres Schädels, den durchsichtigen Knorpeln der Ohren, den zarten Wölbungen der Augen, der Höhle des Mundes, und so immer weiter hinab zeichnete sie die Knochen nach, die Falten, die eckigen und die gebogenen Linien dieses unbedeutenden Ganzen, das sie selber war, und wünschte, sie wäre riesig, schwer und massig wie ein Wal. Sie stellte sich vor, sie gösse eine Flüssigkeit in sich hinein, zäh und süß wie Honig, sie schwölle an und wüchse zur Größe einer gigantischen Puppe, bis sie mit ihrem strotzenden Körper das ganze Bett, das ganze Zimmer, das ganze Haus ausfüllte. Erschöpft und weinend schlief sie dann für ein paar Minuten ein.

Eines Samstagmorgens sah Elena durch das Fenster, wie Bernal von hinten an die Mutter herantrat, die sich über den Bottich beugte und Wäsche schrubbte. Der Mann legte ihr die Hand um die Taille, und die Frau bewegte sich nicht, als wäre das Gewicht dieser Hand ein Teil ihres Körpers. Selbst auf die Entfernung erkannte Elena das Besitzergreifende seiner Geste, die hingebungsvolle Haltung ihrer Mutter, die Vertrautheit der beiden, diesen Strom, der sie in einem ungeheuerlichen Geheimnis einte. Das Mädchen war plötzlich über und über in Schweiß gebadet, sie konnte kaum atmen, ihr Herz war ein verschreckter Vogel in ihrer Brust, Hände und Füße kribbelten, das Blut schoß ihr in die Fingerspitzen, als wollte es sie sprengen. Von diesem Tag an spionierte sie ihrer Mutter nach.

Einen nach dem andern entdeckte sie die gesuchten Beweise, anfangs waren es nur Blicke, eine allzu lange Begrüßung, ein verschwörerisches Lächeln, der Verdacht, daß sich unter dem Tisch ihre Beine trafen und daß sie Vorwände erfanden, um miteinander allein zu sein. Endlich in einer Nacht, als Elena aus Bernals Zimmer zurückkehrte, wo sie ihr verliebtes Ritual abgehalten hatte, hörte sie ein Geräusch wie unterirdisch murmelndes Wasser, das aus dem Zimmer ihrer Mutter kam, und da begriff sie, daß in der ganzen Zeit, da sie glaubte, Bernal verdiene sich mit nächtlichem Singen seinen Lebensunterhalt, er auf der anderen Seite des Flurs gewesen war, und während sie sein heraufbeschworenes Bild im Spiegel küßte und die Spur seines Schlafes aus den Laken einsog, war er bei ihrer Mutter gewesen. Mit der in vielen Jahren gelernten Geschicklichkeit, sich unsichtbar zu machen, durchschritt sie die geschlossene Tür und erblickte die beiden in ihrer Lust. Der Lampenschirm mit dem Fransenrand gab einen warmen Schein, der die Liebenden auf dem Bett beleuchtete. Die Mutter hatte sich in ein rundes, rosenfarbenes, stöhnendes, üppiges Geschöpf verwandelt, eine wogende Seeanemone, ganz Fangarme und Saugnäpfe, ganz Mund und Hände und Beine und Öffnungen, und wand und wand sich, mit Bernals großem Leib verhaftet, der dagegen starr erschien, schwerfällig, sich wie im Krampf bewegte, ein Holzkloben, von unerklärlichen Stößen geschüttelt. Das Mädchen hatte bisher noch nie einen nackten Mann gesehen, und die großen Unterschiede bestürzten sie. Der männliche Körper kam ihr brutal vor, und sie brauchte einige Zeit, um den Schock zu überwinden und sich zum Zuschauen zu zwingen. Bald jedoch wurde sie von dem Zauber der Szene gepackt, und nun konnte sie aufmerksam beobachten, um von ihrer Mutter die Gesten zu lernen, die es vermocht hatten, Bernal zu entflammen, mächtigere Gesten als die ihrer eigenen Verliebtheit, als all ihre Gebete, ihre Träume und schweigenden Rufe, als all ihr Zauberritual, mit dem sie ihn an ihre Seite ziehen wollte. Sie war sicher, daß in diesen Liebkosungen und diesem Flüstern der Schlüssel des Geheimnisses lag, und wenn es ihr gelänge, sich diesen anzueignen, würde Juan José Bernal mit ihr in ihrer Hängematte schlafen, die jede Nacht im Schrankzimmer an zwei Haken aufgehängt wurde.

Elena verbrachte die folgenden Tage in einem Dämmerzustand. Sie verlor jedes Interesse an ihrer Umgebung, selbst an Bernal, der in ihren Gefühlen vorübergehend in einem Sonderfach aufgespart wurde, und versenkte sich in eine phantastische Welt, die völlig an die Stelle der lebendigen Wirklichkeit rückte. Aus reiner Gewohnheit erledigte sie ihre täglichen Aufgaben, aber ihre Seele war abwesend bei allem, was sie tat. Als die Mutter ihre Appetitlosigkeit bemerkte, schrieb sie sie der nahenden Pubertät zu, obwohl doch Elena ganz offensichtlich noch zu jung dafür war, und nahm sich die Zeit, sich zu ihr zu setzen und sie über den mißlichen Umstand, als Frau geboren zu sein, aufzuklären. Das Kind lauschte in störrischem Schweigen der langweiligen Rede über leibliche Verdammnis und Monatsblutungen und war überzeugt, daß ihr so etwas nie zustoßen würde.

Nach fast einer Woche, an einem Mittwoch, fühlte sich Elena zum erstenmal wieder hungrig. Sie ging mit einem Büchsenöffner und einem Löffel in die

Speisekammer und verschlang den Inhalt von drei Erbsendosen, worauf sie einem holländischen Käse das rote Wachskleid abzog und ihn aß wie einen Apfel. Dann lief sie in den Patio und erbrach einen grünen Mischmasch über die Geranien. Die Leibschmerzen und der bittere Geschmack im Mund riefen sie in die Wirklichkeit zurück. In dieser Nacht schlief sie ruhig, in ihrer Hängematte zusammengerollt, und lutschte am Daumen wie einst im Kinderbett. Am Donnerstag erwachte sie fröhlich, half ihrer Mutter, den Kaffee für die Gäste zu brühen, und frühstückte mit ihr in der Küche, bevor sie in die Schule ging. Während des Unterrichts jedoch klagte sie über Magenkrämpfe und krümmte sich so ausdrucksvoll und bat so oft, auf die Toilette zu dürfen, daß die Lehrerin ihr schließlich erlaubte, nach Hause zu gehen.

Elena machte einen langen Umweg, um die Straßen ihres Viertels zu meiden, und näherte sich dem Haus von der Rückseite. Sie schaffte es, über die Mauer zu klettern und in den Patio zu springen, es ging leichter, als sie erwartet hatte. Sie hatte sich ausgerechnet, daß ihre Mutter um diese Zeit auf dem Markt war, und da es am Donnerstag frischen Fisch gab, würde sie nicht so bald zurückkehren. Im Haus waren nur Juan José Bernal und Señorita Sofía, die schon eine Woche nicht zur Arbeit ging, weil ihre Arthritis sie plagte.

Elena versteckte die Bücher und die Schuhe unter einem Stapel Decken und schlich sich ins Haus. An die Wand gepreßt, stieg sie die Treppe hinauf und hielt den Atem an, bis sie das Radio aus dem Zimmer von Señorita Sofía hörte und sich sicherer fühlte. Bernals Tür gab sofort nach. Innen war es dunkel, und einen Augenblick konnte sie nichts sehen, weil sie aus dem grellen Sonnenlicht draußen kam, aber sie kannte das Zimmer ja aus dem Gedächtnis, sie war so oft darin umhergegangen, daß sie wußte, wo jeder Gegenstand war, an welcher Stelle der Fußboden knarrte und wieviel Schritte von der Tür entfernt das Bett stand. Dennoch wartete sie, bis ihre Augen sich an das Halbdunkel gewöhnt hatten und die Umrisse der Möbel hervortraten. Nach kurzer Zeit konnte sie auch den Mann auf dem Bett erkennen. Er lag nicht auf dem Bauch, wie sie ihn sich so oft vorgestellt hatte, sondern auf dem Rücken, nicht zugedeckt, nur mit einer Unterhose bekleidet, einen Arm ausgestreckt, den andern über der Brust, eine Haarsträhne über den Augen. Elena spürte, wie plötzlich alle Angst und Ungeduld, die sich in den letzten Tagen in ihr angesammelt hatten, von ihr abfielen, wie sie frei und rein zurückblieb mit der Ruhe eines Menschen, der weiß, was er zu tun hat. Ihr war, als hätte sie diesen Augenblick schon viele Male erlebt; sie sagte sich, sie habe nichts zu fürchten, es gehe um ein Ritual, das nur etwas anders sei als die früheren. Langsam zog sie ihre Schuluniform aus, aber sie traute sich nicht, auch ihren Baumwollschlüpfer abzustreifen. Sie näherte sich dem Bett. Nun konnte sie Bernal besser sehen. Sie setzte sich auf den Rand, ganz nahe bei der Hand des Mannes, und achtete darauf, daß ihr Gewicht nicht einmal eine Delle in das Laken drückte, sie beugte sich sacht vor, bis ihr Gesicht nur wenige Zentimeter über dem seinen schwebte und sie seinen warmen Atem und den süßlichen Geruch seines Körpers spürte, und mit unendlicher Vorsicht streckte sie sich neben ihm aus und zog behutsam jedes Bein einzeln nach, um ihn nicht zu wecken. Sie wartete, auf die Stille lauschend, bis sie sich entschloß, ihm mit einem fast unmerklichen Streicheln die Hand auf den Bauch zu legen. Diese Berührung jagte eine Sturzsee durch ihren Körper, die sie zu ersticken drohte, sie glaubte, das Klopfen ihres Herzens müßte durch das ganze Haus hallen und den Mann wecken. Sie brauchte mehrere Minuten, um sich zu fassen, und erst als sie sah, daß er sich nicht rührte, lockerte sich die Spannung, und sie legte ihm die Hand mit dem ganzen Gewicht des Armes auf, der doch so leicht war, daß er Bernals Ruhe nicht störte. Sie erinnerte sich an die Gesten, die sie bei ihrer Mutter gesehen hatte, und während sie die Finger unter seinen Hosengummi schob, suchte sie den Mund des Mannes und küßte ihn, wie sie es so oft vor dem Spiegel getan hatte. Bernal stöhnte im Schlaf und legte einen Arm um das Kind, seine andere Hand fing die ihre ein, um sie zu führen, und sein Mund öffnete sich, um den Kuß zu erwidern, wobei er den Namen der Geliebten murmelte. Elena verstand, wen er meinte, aber statt zurückzuweichen, preßte sie sich noch fester an ihn. Bernal faßte sie um die Mitte, hob sie auf sich herauf und setzte sie auf seinem Körper zurecht, während er schon die ersten Liebesbewegungen machte. Plötzlich jedoch, als er die ungewöhnliche Zerbrechlichkeit dieses Vogelgeripplein auf seiner Brust fühlte, durchfuhr ein Funken Bewußtsein den wolligen Nebel des Schlafes, und er öffnete die Augen. Elena spürte, wie sein Körper sich spannte, sie fand sich bei den Hüften gepackt und mit solcher Gewalt zurückgestoßen, daß sie auf dem Fußboden landete, aber sie stand auf und warf sich wieder über ihn, um ihn erneut zu umarmen. Bernal schlug ihr ins Gesicht und sprang aus

dem Bett, geängstigt von Gott weiß welchen ehemaligen Verboten und Angstträumen.
»Verdorbenes Kind! Verdorbenes Kind!« schrie er.
Die Tür ging auf, und im Rahmen erschien Señorita Sofía.

Elena verbrachte die folgenden drei Jahre auf dem Internat einer Klosterschule, drei weitere auf der Universität in der Hauptstadt, und danach arbeitete sie in einer Bank. Inzwischen hatte die Mutter ihren Liebhaber geheiratet und mit ihm die Pension weitergeführt, bis sie genügend erspart hatten, um sich in ein kleines Landhaus zurückzuziehen, wo sie Nelken und Chrysanthemen anbauten, die sie in der Stadt verkauften. Der Meister des Belcanto spannte sein Plakat in einen vergoldeten Rahmen, aber er sang nicht mehr auf nächtlichen Veranstaltungen, und keiner vermißte ihn. Niemals begleitete er seine Frau, wenn sie die Tochter besuchte, er fragte auch nicht nach ihr, um die Zweifel in seinem eigenen Gemüt nicht aufzurühren, aber er dachte oft an sie. Das Bild des Kindes war für ihn unversehrt, die Jahre hatten ihm nichts anhaben können, es war noch immer das Bild des lüsternen, von der Liebe übermannten kleinen Geschöpfes, das er zurückgestoßen hatte. Je mehr Jahre vergingen, um so zwingender wurde die Erinnerung an diese leichte Gestalt, diese kindliche Hand auf seinem Leib, diese Babyzunge in seinem Mund, bis sie zur Besessenheit wurde. Wenn er den schweren Körper seiner Frau umarmte, mußte er seine Sinne auf diese erinnerten Empfindungen sammeln, um den immer träger werdenden Trieb zur Lust zu wecken. Als er älter wurde, ging er in die Läden mit Kinderwäsche und kaufte Baumwollschlüpfer, um sie und sich selbst wieder und wieder begehrlich zu streicheln. Später schämte er sich jedesmal dieser ungezügelten Gefühle und verbrannte die Schlüpfer oder vergrub sie im Patio in dem nutzlosen Versuch, sie zu vergessen. Er gewöhnte sich an, um die Schulen und durch die Parks zu streichen und von weitem die kleinen Mädchen zu beobachten, die ihm für ein paar kurze Augenblicke das ungeheuerliche Erlebnis dieses unvergeßlichen Donnerstags zurückbrachten.

Elena war siebenundzwanzig, als sie zum erstenmal ihre Mutter besuchte. Sie wollte ihren Verlobten vorstellen, einen Armeeoffizier, der jahrelang geduldig um ihre Hand angehalten hatte. Die jungen Leute kamen an einem Novembernachmittag an, er in Zivil, um nicht in Militärgala zu protzen, und sie mit Geschenken beladen. Bernal hatte diesem Besuch mit der Beklommenheit eines Jungen entgegengesehen. Er hatte sich immer wieder im Spiegel betrachtet, hatte forschend sein eigenes Bild gemustert und sich gefragt, ob Elena die Veränderungen sehen werde oder ob in ihrer Vorstellung der Meister des Belcanto dem Verschleiß durch die Zeit widerstanden hatte. Er hatte sich auf die Begegnung vorbereitet, indem er jedes Wort sorgfältig überlegte und sich alle nur denkbaren Antworten ausmalte. Nur eines wäre ihm niemals eingefallen: daß statt des feurigen kleinen Geschöpfes, dessentwegen er jahrelang Qualen ausgestanden hatte, eine fade, schüchterne Frau vor ihm stehen würde. Bernal fühlte sich betrogen.

Am Abend, als die Hochstimmung der Ankunft sich gelegt und Mutter und Tochter sich die letzten

Neuigkeiten erzählt hatten, stellten sie Stühle in den Patio, um die Kühle zu genießen. Der Duft der Nelken hing schwer in der Luft. Bernal regte an, einen Schluck Wein zu trinken, und Elena folgte ihm ins Haus, um die Gläser zu holen. Ein paar Minuten waren sie allein in der engen Küche. Und da hielt der Mann, der so lange auf diese Gelegenheit gewartet hatte, die Frau am Arm zurück und fing an zu reden. Er sagte ihr, alles sei ein schrecklicher Irrtum gewesen, an jenem Morgen habe er geschlafen und nicht gewußt, was er tat, niemals habe er sie zu Boden werfen oder so beschimpfen wollen, sie solle doch Mitleid haben und ihm verzeihen, vielleicht werde es ihm dann gelingen, seinen Verstand zurückzugewinnen, denn in all diesen Jahren habe das brennende Verlangen nach ihr ihn unaufhörlich verfolgt, ihm das Blut verbrannt und den Geist verfinstert.

Elena betrachtete ihn verstört und wußte nicht, was sie antworten sollte. Von welchem verdorbenen Kind sprach er? Für sie lag die Kindheit weit zurück, und das Leid dieser ersten, abgewiesenen Liebe war in einem versiegelten Fach in ihrem Gedächtnis eingesperrt. Sie hatte keinerlei Erinnerung an jenen fernen Donnerstag.

Der verwunschene Palast

Vor fünfhundert Jahren, als die wackeren Straßenräuber aus Spanien mit ihren erschöpften Pferden und ihren von der Sonne Amerikas heißgeglühten Rüstungen über die Erde von Quinaroa stampften, lebten und starben die Indios schon seit Tausenden von Jahren an ebendiesem Ort. Die Eroberer verkündeten mit Herolden und Fahnen die Entdekkung des neuen Gebiets, erklärten es zum Eigentum eines fernen Königs, pflanzten das erste Kreuz und tauften die Stätte San Jerónimo, ein für die Zunge der Eingeborenen unaussprechbarer Name. Die Indios beobachteten die selbstherrlichen Zeremonien mit einigem Staunen, aber zu ihnen waren schon vorher Nachrichten über die bärtigen Krieger gelangt, die mit Eisengerassel und Pulverdampf durch die Welt zogen, sie hatten gehört, daß sie Wehklagen auf ihrem Weg säten und daß kein Volk, von dem man wußte, ihnen hatte Widerstand leisten können, jedes Heer unterlag dieser Handvoll Eindringlinge auf den seltsam mit ihnen verwachsenen Tieren. Die Indios waren ein alter Stamm, so arm, daß selbst der Häuptling mit dem üppigsten Federschmuck sich nicht die Umstände machte, von ihnen Abgaben zu verlangen, und sie waren so sanft, daß sie auch nicht zum Kriegführen herangezogen wurden. Sie hatten seit dem Anbruch der Zeiten in Frieden gelebt und hielten es nicht für nötig, ihre Gewohnheiten einiger roher Fremder wegen aufzugeben. Bald jedoch wurden

sie sich der Stärke des Feindes bewußt und begriffen, daß es unsinnig war, ihn nicht zu beachten, denn seine Gegenwart lastete schwer auf ihnen, wie ein großer Stein, den man auf dem Rücken trägt. In den folgenden Jahren, als viele Indios starben, die einen als Opfer unbekannter Krankheiten, andere in der Sklaverei oder unter den mannigfachen Martern, die den Zweck hatten, neue Götter einzuführen, verstreuten sich die Überlebenden urwaldeinwärts und verloren nach und nach sogar den Namen ihres Volkes.
Immer verborgen, wie Schatten zwischen dem Laubwerk, flüsternd und nur bei Nacht rege, so hielten sie sich durch die Jahrhunderte. Sie wurden so geschickt in der Kunst des Versteckens, daß die Geschichte sie nicht verzeichnet, und heute gibt es keine Beweise für ihren Weg durch die Jahrhunderte. Die Bücher erwähnen sie nicht, aber die Bauern haben sie im Wald gehört, und jedesmal, wenn einem jungen Mädchen der Bauch zu schwellen beginnt und sie den Verführer nicht nennen können, schreiben sie das Kind dem Geist eines lüsternen Indios zu. Die Menschen in den Dörfern dort sind stolz darauf, auch von jenen unsichtbaren Wesen ein paar Tropfen Blut zu haben in dem Gemisch aus englischen Piraten, spanischen Soldaten, afrikanischen Sklaven, Abenteurern auf der Suche nach Eldorado und später von manch einem Einwanderer, der es mit dem Reisesack auf der Schulter und den Kopf voller Illusionen bis hierher geschafft hatte.

Europa verbrauchte mehr Kaffee, Kakao und Bananen, als wir erzeugen konnten, aber die große Nachfrage brachte uns keinen Wohlstand, wir blieben so arm wie früher. Die Verhältnisse schienen sich zu ändern, als ein Neger von der Küste eine Spitzhacke in den Boden schlug, um einen Brunnen zu graben, und ihm ein Schwall Erdöl ins Gesicht schoß. Bis zum Ende des Ersten Weltkriegs hatte sich die Vorstellung verbreitet, dies sei ein blühendes Land, aber noch immer wateten fast alle seine Bewohner mit nackten Füßen im Schlamm. In Wirklichkeit füllte das Geld nur die Kassen des Wohltäters und seines Gefolges, aber die Hoffnung war da, daß eines Tages auch etwas für das Volk abfallen würde. So vergingen zwei Jahrzehnte totalitärer Demokratie, wie Präsident Vitalicio sein Regime nannte, in denen jedes Anzeichen eines Umsturzversuches zerschlagen wurde, zum größeren Ruhm des obersten Führers. In der Hauptstadt sah man Boten des Fortschritts – Autos, Kinos, Kühlschränke, eine Rennbahn, die Theater, in denen aus New York oder Paris herübergebrachte Stücke aufgeführt wurden. Täglich legten im Hafen Dutzende von Schiffen an, die einen nahmen das Erdöl auf, die andern entluden Modewaren, aber das übrige Land verharrte in jahrhundertealter Dumpfheit.

Eines Tages erwachten die Einwohner von San Jerónimo aus der Siesta von den ohrenbetäubenden Hammerschlägen, die das Kommen der Eisenbahnlinie einläuteten. Die Schienen würden die Hauptstadt mit diesem verschlafenen Nest verbinden, das der Wohltäter ausgewählt hatte, um hier, im Stil der europäischen Monarchen, seinen Sommerpalast zu bauen, obwohl niemand den Sommer vom Winter unterscheiden konnte, denn das ganze Jahr hindurch herrschte der gleiche feuchte, siedende Atem der Natur. Der einzige Anlaß, hier diesen Monumentalbau zu errichten, waren die Worte eines belgischen Naturforschers, der versicherte, wenn man dem Mythos vom irdischen Paradies einen Platz zuweisen wolle, dann müsse es dieser Ort sein, wo die Landschaft von überwältigender Schönheit sei. Nach seinen Beobachtungen beherbergte der Wald mehr als tausend Arten vielfarbiger Vögel und alle Sorten wilder Orchideen, von den *Brassias*, die so groß sind wie ein Sombrero, bis zu den winzigen *Pseudothallis*, die man nur mit der Lupe sehen kann.

Die Idee zu dem Palast stammte von einigen italienischen Baumeistern, die sich Seiner Exzellenz mit den Plänen zu einem verwickelten Marmorbauwerk vorstellten, einem Labyrinth mit unzähligen Säulen, breiten Fluren, geschwungenen Treppen, Bögen und Gewölben, Salons, Küchen, Schlafräumen und über dreißig Badezimmern mit goldenen und silbernen Wasserhähnen. Die Eisenbahn war die erste Phase des Baus, unerläßlich, um die Tonnenladungen an Material und die Hunderte von Arbeitern, dazu die aus Italien geholten Poliere und Handwerker in diesen abgelegenen Winkel der Landkarte zu befördern. Die Arbeit, das Marmormonstrum hochzuziehen, dauerte vier Jahre, wirkte sich zerstörerisch auf die Tier- und Pflanzenwelt aus und kostete soviel wie alle Kriegsschiffe der nationalen Flotte zusammen, aber die Bezahlung erfolgte pünktlich mit dem schwarzen Öl der Erde, und am Jahrestag der ruhmreichen Machtergreifung wurde das Band am Portal durchschnitten und der Sommerpalast eingeweiht. Für diese Gelegenheit war die Lokomotive des Zuges mit den Farben der Landesfahne bemalt worden, und statt der Güterwaggons wurden Personenwagen angehängt, die mit Samt und englischem Leder ausgeschlagen waren und in denen die festlich gekleideten Gäste saßen, darunter einige Mitglieder der ältesten Aristokratie, denn wenn sie auch diesen gottlosen Emporkömmling aus den Anden verabscheuten, der die Regierung an sich gerissen hatte, wagten sie seine Einladung doch nicht zurückzuweisen.

Der Wohltäter war ein rauher Mensch von bäurischen Sitten, er badete in kaltem Wasser, schlief auf einer Palmblattmatte auf dem Fußboden, die Pistole in Reichweite und die Stiefel an den Füßen, ernährte sich vorzugsweise von Rinderbraten und Mais und trank nur Wasser und Kaffee. Sein einziger Luxus waren die Zigarren aus schwarzem Tabak, alle übrigen Genüsse waren für ihn Laster von Degenerierten oder Schwulen, auch der Alkohol, den er nicht ausstehen konnte und nur selten an seinem Tisch reichen ließ. Doch mit der Zeit hatte er einige Verfeinerungen in seiner Umgebung zulassen müssen, denn er begriff die Notwendigkeit, ausländische Diplomaten und andere ausgewählte Gäste zu beeindrucken, damit er im Ausland nicht etwa in den Ruf eines Barbaren geriete. Er hatte keine Frau, die seine spartanische Lebensweise hätte beeinflussen können. Er betrachtete die Liebe als eine gefährliche Schwäche, zudem war er überzeugt, daß alle Frauen außer seiner Mutter im Grunde pervers waren und daß es das klügste war, sie auf Abstand zu halten. Er sagte, ein Mann, der in einer Liebesumarmung einschlafe, sei so verletzlich wie ein Siebenmonatskind, deshalb verlangte er auch, daß seine Generäle in den Kasernen wohnten und ihr Familienleben auf gelegentliche Besuche beschränkten.

Keine Frau hatte je eine ganze Nacht mit ihm verbracht, keine konnte sich eines anderen als flüchtigen Zusammenseins rühmen, keine hatte dauerhafte Spuren in seinem Gemüt hinterlassen. Bis Marcia Liebermann in sein Leben trat.
Das Einweihungsfest im Sommerpalast war ein Ereignis in den Annalen der Wohltäterherrschaft. Zwei Tage und zwei Nächte hindurch wechselten die Orchester einander im Spielen ab, und die Köche hatten ein Festmahl zubereitet, das kein Ende nehmen wollte. Die schönsten Mulattinnen der Karibik, angetan mit prachtvollen, eigens für die Gelegenheit angefertigten Abendkleidern, tanzten in den Salons mit Offizieren, die niemals an einem Kampf teilgenommen hatten, deren Brüste aber von Orden klirrten. Es gab alle Arten von Unterhaltung: aus Havanna und New Orleans importierte Sänger, Flamencotänzerinnen, Zauberer, Jongleure und Trapezkünstler, es gab Kartentische und Dominopartien und sogar eine Jagd auf Kaninchen, die von den Dienstboten aus den Käfigen geholt und freigesetzt wurden, worauf die Gäste sie mit Windhunden verfolgten, eine Lustbarkeit, die ihren Höhepunkt fand, als ein besonderer Witzbold die Schwarzhalsschwäne auf der Lagune mit Flintenschüssen erlegte. Einige Gäste fielen ermattet in die Sessel, trunken vom Alkohol und vom Cumbiatanzen, andere sprangen bekleidet ins Schwimmbecken oder verzogen sich pärchenweise auf die Zimmer. Der Wohltäter wollte keine Einzelheiten wissen. Nachdem er seine Gäste mit einer kurzen Ansprache begrüßt und am Arm der ranghöchsten Dame den Ball eröffnet hatte, war er wieder in die Hauptstadt gefahren, ohne sich zu verabschieden. Feste versetzten ihn in schlechte

Laune. Am dritten Tag brachte der Zug die erschöpften Partygenossen zurück. Der Sommerpalast war in beklagenswertem Zustand, die Badezimmer glichen Unratgruben, von den Vorhängen tropfte Urin, die Sessel waren aufgeschlitzt, und die Pflanzen siechten in ihren Kübeln dahin. Die Angestellten brauchten eine volle Woche, um die Reste dieses Hurrikans zu beseitigen.

Der Palast war nie wieder Szene eines Bacchanals. Von Zeit zu Zeit ließ sich der Wohltäter hinausfahren, um die drückenden Amtsgeschäfte eine Weile hinter sich zu lassen, aber er gönnte sich nie mehr als zwei, drei Tage Erholung, zu groß war die Furcht, daß in seiner Abwesenheit eine Verschwörung angezettelt würde. Das Regierungsamt verlangte seine ständige Wachsamkeit, damit ihm die Macht nicht aus den Händen glitt. In dem riesigen Gebäude blieb nur das Personal zurück, das mit seiner Instandhaltung beauftragt war. Als das Dröhnen der Baumaschinen und das Poltern des Zuges aufgehört hatten und der Nachhall des Einweihungsfestes verstummt war, zog wieder die Stille in die Landschaft ein, und die Orchideen begannen erneut zu blühen, und die Vögel kamen zurück, ihre Nester zu bauen. Die Einwohner von San Jerónimo widmeten sich ihren gewohnten Beschäftigungen und kümmerten sich nicht mehr um den Sommerpalast. Da kehrten langsam, unsichtbar die Indios zurück, um ihr Gebiet in Besitz zu nehmen.

Die ersten Anzeichen kamen so verstohlen, daß niemand sie recht beachtete: Schritte und Murmeln, flüchtige Umrisse zwischen den Säulen, die Spur einer Hand auf der blanken Oberfläche eines Tisches.

Nach und nach verschwanden Flaschen aus den Kellern, Essen aus den Küchen, morgens waren Betten zerwühlt. Die Dienstboten verdächtigten sich gegenseitig, doch ließen sie keine Anschuldigungen laut werden, denn sie hielten nichts davon, daß etwa der Wachoffizier die Sache in die Hand nähme. Das ganze riesige Gebäude im Auge zu behalten war unmöglich – während sie einen Raum durchsuchten, hörten sie es im Nebenzimmer seufzen, und wenn sie dort die Tür aufrissen, sahen sie nur die Vorhänge wehen, als wäre soeben jemand hinausgegangen. So entstand das Gerücht, der Palast sei verhext, und bald ergriff die Furcht auch die Soldaten, die ihre nächtlichen Runden einstellten und sich darauf beschränkten, regungslos, an ihre Waffen geklammert Posten zu stehen und argwöhnisch in die Landschaft zu spähen. Die verängstigten Dienstboten stiegen nicht mehr in den Keller hinab und verschlossen vorsichtshalber eine Reihe von Räumen. Sie lebten in einer der Küchen und schliefen in einem Seitenflügel. Das übrige Gebäude blieb ohne Aufsicht und im Besitz dieser körperlosen Indios, die die Zimmer durch eingebildete Linien geteilt und sich darin als mutwillige Geister niedergelassen hatten. Sie hatten dem Lauf der Geschichte widerstanden, hatten sich an die Wechsel angepaßt, als es unumgänglich war, und sich in ihrer eigenen Dimension verborgen gehalten, als es nötig war. In den Räumen des Palastes fanden sie Zuflucht, hier liebten sie sich ohne Geräusch, wurden ohne große Umstände geboren und starben ohne Tränen. Sie lernten die verschlungenen Wege dieses Marmorlabyrinths so gut kennen, daß sie mit Leichtigkeit im selben Raum mit den Wachen und dem Dienstpersonal leben konnten, ohne sie je zu berühren, als gehörten sie einer anderen Zeit an.

Botschafter Liebermann ging im Hafen mit seiner Frau und einer Schiffsladung Gepäck von Bord. Er reiste mit seinen Hunden, all seinen Möbeln, seiner Bibliothek, seiner Sammlung von Opernschallplatten und allem möglichen Sportzubehör, darunter auch einem Segelboot. Seit ihm sein neuer Bestimmungsort zugeteilt worden war, hatte er angefangen, dieses Land zu verabscheuen. Er hatte seinen Posten als Ministerialdirektor in Wien aufgegeben, weil ihn sein Ehrgeiz trieb, Botschafter zu werden, und sei es auch in Südamerika, einer merkwürdigen Gegend, die ihm nicht die mindeste Sympathie einflößte. Seine Frau Marcia hingegen nahm die Sache mit mehr Humor. Sie war bereit, ihrem Mann auf seiner diplomatischen Pilgerfahrt zu folgen, obwohl sie sich täglich mehr von ihm entfernte und die Belange dieser Welt sie nur wenig interessierten, aber sie verfügte an seiner Seite über sehr viel Freiheit. Es genügte, gewisse ehefrauliche Pflichten zu erfüllen, und die übrige Zeit gehörte ihr. Tatsächlich war ihr Mann von seiner Arbeit und seinen sportlichen Betätigungen so sehr in Anspruch genommen, daß er ihre Existenz kaum wahrnahm, er bemerkte sie nur, wenn sie nicht da war. Für Liebermann war seine Frau eine unentbehrliche Ergänzung seiner Karriere, sie gab ihm den nötigen Glanz im gesellschaftlichen Leben und hielt tatkräftig ihren komplizierten Haushalt in Schwung. Er betrachtete sie als loyale Gefährtin, aber er hatte sich nie auch nur die geringsten Gedanken um ihr Gefühlsleben gemacht.
Marcia studierte Landkarten und eine Enzyklopä-

die, um Einzelheiten über dieses ferne Land zu erfahren, und begann Spanisch zu lernen. Während der zweiwöchigen Überfahrt über den Atlantik las sie die Bücher des belgischen Naturforschers, und noch bevor sie diese heiße Region erlebte, war sie schon in sie verliebt. Sie war von zurückhaltendem Wesen und fühlte sich bei der Arbeit in ihrem Garten wohler als in den Salons, wohin sie ihren Mann begleiten mußte, und sie hoffte, sie würde in diesem Land freier von gesellschaftlichen Pflichten sein und sich damit befassen können, zu lesen, zu malen und die Natur zu entdecken.

Liebermann ließ als erstes in allen Räumen seiner Residenz Ventilatoren anbringen. Dann überreichte er den Repräsentanten der Regierung sein Beglaubigungsschreiben. Als der Wohltäter ihn in seinem Arbeitszimmer empfing, hatten die Liebermanns erst wenige Tage in der Stadt verbracht, aber schon war das Gerede darüber, wie schön die Frau des Botschafters sei, bis zum Staatsoberhaupt gedrungen. Dem Protokoll gemäß lud er das Ehepaar zum Abendessen ein, obwohl das Geschwätz und das arrogante Gebaren des Diplomaten ihm unerträglich waren. Am festgesetzten Abend betrat Marcia am Arm ihres Mannes den Empfangssaal, und zum erstenmal in seinem langen Leben stockte dem Wohltäter vor einer Frau der Atem. Er hatte schönere Gesichter und schlankere Gestalten gesehen, aber niemals so viel Anmut. Die Erinnerung an vergangene Eroberungen wurde wach und erregte ihm das Blut zu einer Hitze, die er lange nicht gespürt hatte. Den ganzen Abend hielt er sich auf Distanz und beobachtete die Frau des Botschafters verstohlen, hingerissen von der Biegung ihres Halses, dem Dunkel ihrer Augen, den Bewegungen der Hände, der Ernsthaftigkeit ihres Auftretens. Vielleicht schoß es ihm durch den Kopf, daß er mehr als doppelt so alt war wie sie und daß ein Skandal unvorhersehbare Auswirkungen weit über die Landesgrenzen hinaus haben würde, aber das vermochte ihn nicht abzuschrecken, im Gegenteil, es fügte seiner eben geborenen Leidenschaft etwas unwiderstehlich Verlockendes hinzu.

Marcia Liebermann spürte den auf ihrer Haut haftenden Blick des Mannes wie eine ungebührliche Liebkosung und war sich der Gefahr bewußt, aber sie hatte nicht die Kraft, ihr zu entfliehen. Einen Augenblick dachte sie daran, ihrem Mann zu sagen, daß sie gehen wolle, statt dessen blieb sie sitzen, wünschte, der alte Mann möchte sich ihr nähern, und war gleichzeitig entschlossen, davonzulaufen, wenn er es täte. Sie wußte nicht, weshalb sie zitterte. Sie gab sich keiner Täuschung über ihn hin, auch aus der Entfernung konnte sie die Zeichen des Verfalls erkennen, die runzlige, fleckige Haut, den dürren Leib, den schwankenden Gang, sie konnte sich seinen ranzigen Geruch vorstellen und ahnte, daß die Hände in den Ziegenlederhandschuhen Klauen waren. Aber die Augen, vom Alter und vielen Greueltaten umwölkt, besaßen noch immer ihr herrisches Funkeln, das sie auf ihrem Stuhl festhielt.

Der Wohltäter wußte nicht, wie man um eine Frau warb, er hatte es bislang nie nötig gehabt. Das wirkte zu seinen Gunsten, denn wenn er sich Marcia mit Verführerfinessen genähert hätte, wäre sie abgestoßen gewesen und hätte sich verächtlich abgewandt. Dagegen konnte sie sich seinen Bitten nicht entziehen, als er nach wenigen Tagen vor ihrer Tür stand, in Zivil und ohne Eskorte, wodurch er aussah wie ein trauriger Großvater, und ihr erklärte, seit zehn Jahren habe er keine Frau mehr angerührt und sei für Verlockungen dieser Art schon zu abgestorben, aber er bitte sie mit allem Respekt, ihn an diesem Abend zu einem abgeschiedenen Ort zu begleiten, wo er den Kopf auf ihren königlichen Knien ausruhen und ihr erzählen könne, wie die Welt aussah, als er noch ein gutgewachsener Bursche und sie noch gar nicht geboren war.

»Und mein Mann?« vermochte Marcia gerade noch zu fragen, mit einer Stimme, die nur ein Hauch war.

»Ihren Mann gibt es nicht, Kind. Jetzt gibt es nur Sie und mich«, antwortete Präsident Vitalicio und führte sie am Arm zu einem schwarzen Packard.

Marcia kehrte nicht nach Hause zurück, und noch ehe ein Monat vergangen war, reiste Botschafter Liebermann wieder in seine Heimat ab. Er hatte nichts unversucht gelassen, um seine Frau zu finden, weil er sich zuerst weigerte, zu akzeptieren, was keineswegs ein Geheimnis war, aber als er unmöglich noch länger über die offenkundige Entführung hinwegsehen konnte, kam er um eine Audienz beim Staatsoberhaupt ein und verlangte die Rückgabe seiner Frau. Der Dolmetscher versuchte beim Übersetzen seine Worte abzuschwächen, aber der Präsident verstand den Tonfall und nutzte den gebotenen Vorwand, um sich ein für allemal dieses unvernünftigen Ehemanns zu entledigen. Er erklärte, Liebermann habe mit gänzlich unbegründeten Anschuldigungen die Nation beleidigt, und legte ihm sehr bestimmt nahe, das Land binnen drei Tagen zu verlassen. Er bot ihm die Möglichkeit, ohne Skandal zu gehen, um das Ansehen seines kleinen Alpenlandes zu schonen, denn niemand habe ein Interesse daran, die diplomatischen Beziehungen abzubrechen und den freien Verkehr der Öltanker zu behindern. Am Schluß dieses Gesprächs fügte er mit der Miene eines gekränkten Vaters hinzu, er könne ja verstehen, daß seine, Liebermanns, Vernunft zur Zeit getrübt sei, aber er möge beruhigt sein, auch wenn er nicht mehr da sei, werde die Suche nach der Señora fortgesetzt werden. Um seinen guten Willen zu beweisen, ließ er den Polizeichef rufen und gab ihm vor den Augen des Botschafters seine Anweisungen. Wenn es Liebermann einen Augenblick in den Sinn gekommen war, eine Abreise ohne Marcia abzulehnen, so half ihm doch ein zweiter Gedanke, zu begreifen, daß er sich damit der Gefahr eines Genickschusses aussetzen würde; und so packte er seine Besitztümer und verließ das Land noch vor der gegebenen Frist.

Den Wohltäter hatte die Liebe in einem Alter überrumpelt, in dem er sich an die Ungeduld des Herzens längst nicht mehr erinnerte. Die Erschütterung rührte seine Sinne auf und versetzte ihn in die Jugendzeit zurück, aber sie reichte doch nicht aus, seine füchsische Schlauheit einzuschläfern. Er war sich darüber im klaren, daß es eine senile Leidenschaft war, und vermochte sich einfach nicht vorzustellen, daß Marcia seine Gefühle erwiderte. Er wußte nicht, weshalb sie ihm an jenem Abend gefolgt war, aber der Verstand sagte ihm, daß es nicht aus Liebe geschehen war, und da er nichts von Frauen wußte, nahm er an, sie hätte sich von der Lust am Abenteuer oder von der Gier nach Macht verführen lassen. In Wirklichkeit hatte das

Mitleid sie besiegt. Wenn der alte Mann sie verlangend umarmte, Tränen in den Augen über die Demütigung, daß die Manneskraft ihm nicht wie früher gehorchte, bemühte sie sich mit Geduld und gutem Willen hartnäckig, ihm den Stolz wiederzugeben. Und nach manchem Versuch gelang es dem armen Mann wirklich, die Schwelle zu überschreiten und sich einige kurze Augenblicke in den dargebotenen lauen Gärten zu ergehen, woraufhin er, mit Schaum im Herzen, zusammensank.

»Bleib bei mir!« bat der Wohltäter, sobald er die Furcht überwunden hatte, auf ihr zu sterben.

Und Marcia blieb, denn die Einsamkeit des alten Caudillo rührte sie, zudem erschien ihr die Alternative, zu ihrem Mann zurückzukehren, weniger reizvoll als die Herausforderung, den stählernen Ring zu durchbrechen, in dem dieser Mensch fast achtzig Jahre lang gelebt hatte.

Der Wohltäter hielt Marcia in einem seiner Häuser versteckt, wo er sie täglich besuchte. Niemals blieb er, um die Nacht mit ihr zu verbringen. Wenn sie zusammen waren, verging die Zeit mit gemächlichen Liebkosungen und mit Gesprächen. In ihrem stockenden Spanisch erzählte sie ihm von ihren Reisen und von den Büchern, die sie gelesen hatte, und er hörte ihr zu und verstand zwar nicht viel, aber freute sich am Klang ihrer Stimme. Ein andermal schilderte er ihr seine Kindheit in den dürren Regionen der Anden oder seine Erlebnisse als Soldat, aber wenn sie ihm eine Frage stellte, verschloß er sich sofort und beobachtete sie von der Seite wie einen Feind. Marcia erkannte diesen Argwohn und begriff, daß seine Gewohnheit, jedem zu mißtrauen, sehr viel mächtiger war als das Bedürfnis, sich der Zärtlichkeit zu überlassen, und nach ein paar Wochen fügte sie sich in die Niederlage. Als sie die Hoffnung aufgegeben hatte, ihn für die Liebe zu gewinnen, verlor sie das Interesse an diesem Mann, und nun wollte sie hinaus aus den Wänden, zwischen denen sie gefangen war. Aber es war zu spät. Der Wohltäter brauchte sie, weil sie von allen Frauen, die er gekannt hatte, einer Gefährtin am nächsten kam, ihr Mann war nach Europa zurückgekehrt, und sie hatte keinen Platz auf dieser Erde. Der Diktator bemerkte den Wandel, der in ihr vorgegangen war, und sein Mißtrauen wuchs, aber deshalb hörte er nicht auf, sie zu lieben. Um sie über ihr Eingeschlossensein hinwegzutrösten, zu dem sie für immer verdammt war – denn ihr Erscheinen auf der Straße würde Liebermanns Anschuldigungen bestätigen, und die internationalen Beziehungen wären beim Teufel –, verschaffte er ihr all die Dinge, die sie liebte, Musik, Bücher, Tiere. Marcia verbrachte die Stunden in ihrer eigenen Welt und löste sich täglich mehr von der Wirklichkeit. Als sie ihn nicht länger ermutigte, vermochte er sie nicht mehr zu umarmen, und ihr Zusammensein gestaltete sie zu friedlichen Nachmittagen bei Kaffee und Kuchen. In seinem Wunsch, ihr zu gefallen, lud der Wohltäter sie schließlich eines Tages ein, den Sommerpalast kennenzulernen, damit sie das Paradies des belgischen Naturforschers, über das sie soviel gelesen hatte, von nahem sähe.

Der Zug war seit dem Einweihungsfest vor zehn Jahren nicht mehr benutzt worden und war nur noch Schrott, deshalb fuhren sie im Auto, aber eine Woche vorher war dorthin bereits eine Karawane von Leibwächtern und Dienstboten aufgebrochen mit allem, was nötig war, um dem Palast die Pracht des ersten Tages wiederzugeben. Die Straße war nur noch ein Pfad, den Gefangenentrupps gegen die Vegetation verteidigten. Auf manchen Strecken mußten sie den Weg mit Macheten von den Farnen freihacken und Ochsen herbeiholen, die die Wagen aus dem Schlamm zogen, aber nichts konnte Marcias Begeisterung schmälern. Sie ertrug die feuchte Hitze und die Moskitos, als spürte sie sie nicht, und hatte nur Augen für die Natur, die sie in die Arme zu nehmen schien. Ihr war, als wäre sie schon früher hier gewesen, vielleicht im Traum oder in einem anderen Leben, als gehörte sie an diesen Ort, als wäre sie bis jetzt eine Fremde in der Welt gewesen und als wären alle Schritte, die sie getan hatte, auch der, das Haus ihres Mannes zu verlassen und einem zittrigen Greis zu folgen, von ihrem Instinkt geleitet gewesen mit dem einzigen Ziel, sie hierherzuführen. Noch ehe sie den Sommerpalast sah, wußte sie, daß er ihr letzter Wohnsitz werden würde. Als endlich das Gebäude zwischen den Bäumen auftauchte, von Palmen gesäumt und in der Sonne schimmernd, seufzte Marcia erlöst auf wie ein Schiffbrüchiger, wenn er den Heimathafen wiedersieht.

Trotz der emsigen Vorbereitungen zu ihrem Empfang ging von dem Haus eine Aura von Verzauberung aus. Gegen den römischen Bauten nachempfundenen Palast, ursprünglich als Mittelpunkt eines geometrischen Parks und prächtiger Alleen angelegt, brandete die Zügellosigkeit eines gefräßigen Pflanzenlebens. Das heiße Klima hatte die Farben der Materialien verändert, hatte sie mit vorzeitiger Patina überzogen, von dem Schwimmbecken und den Gärten war nichts mehr zu sehen.

Die Windhunde waren schon vor langer Zeit ausgebrochen und trieben sich auf dem Besitz herum, eine hungrige, verwilderte Meute, die die Ankömmlinge mit vielstimmigem Gebell empfing. Die Vögel hatten in den Kapitellen der Säulen Nester gebaut und die Reliefs mit ihrem Kot verdreckt. Überall sah man Zeichen von Vernachlässigung. Der Sommerpalast hatte sich in ein lebendes Wesen verwandelt, offen für das Eindringen des Urwalds, der ihn umzingelte und in ihn eingezogen war. Marcia sprang aus dem Auto und lief zu dem Portal, wo die von der Hitze zermürbte Eskorte sie erwartete. Sie lief durch alle Räume – die großen Salons, in denen Kristallüster wie Dolden aus Sternen von der Decke hingen und wo in den Polstern der Sessel Eidechsen hausten, die Schlafzimmer, an deren Himmelbetten die Farben unter dem starken Licht verblichen waren, die Bäder, wo in den Marmorfugen das Moos sproß. Sie lief und lachte und gebärdete sich wie jemand, der etwas zurückerhält, was ihm entrissen war.
In den folgenden Tagen war der Wohltäter so angetan von Marcias Freude, daß wieder ein wenig Kraft seinen verbrauchten Körper wärmte und er sie umarmen konnte wie bei ihren ersten Begegnungen. Aus der einen Woche, die sie hier hatten verbringen wollen, wurden zwei, denn der Diktator fühlte sich sehr wohl. Der Überdruß, der sich in seinen Alleinherrscherjahren angesammelt hatte, verflog, und einige seiner Altmännerleiden linderten sich. Er streifte mit Marcia durch die Umgebung und zeigte ihr die vielfältigen Orchideenarten, die an den Baumstämmen hochrankten oder wie Trauben von den höchsten Zweigen herabhingen, die Wolken von Schmetterlingen, die den

blütenübersäten Boden bedeckten, und die Vögel mit ihrem regenbogenbunten Gefieder, die die Luft mit ihren Stimmen erfüllten. Er spielte mit ihr wie ein junger Liebhaber, steckte ihr das köstliche Fruchtfleisch der wilden Mangos in den Mund, badete sie eigenhändig in duftenden Kräuteraufgüssen und brachte sie mit einer Serenade unter ihrem Fenster zum Lachen. Seit Jahren hatte er sich nicht mehr aus der Hauptstadt entfernt, ausgenommen ein paar kurze Flüge in die eine oder andere Provinz, wo seine Anwesenheit erforderlich war, um einen keimenden Aufstand zu erstikken und dem Volk die Gewißheit einzuprägen, daß seine Autorität unanfechtbar war. Die unerwarteten Ferien versetzten ihn in ausgezeichnete Stimmung, das Leben erschien ihm plötzlich viel liebenswerter, und ihn entzückte die Vorstellung, daß er neben dieser schönen Frau würde ewig weiterregieren können. Eines Nachts überraschte ihn in ihren Armen der Schlaf. Er erwachte früh am Morgen und war entsetzt, er hatte das Gefühl, sich selbst verraten zu haben. Schweißnaß stand er auf, sein Herz raste, und betrachtete die auf dem Bett Liegende, eine ruhende weiße Schönheit, deren kupferfarbenes Haar ihr Gesicht bedeckte. Er ging hinaus und gab seiner Eskorte die nötigen Anweisungen zur Rückkehr in die Stadt. Es wunderte ihn nicht, daß Marcia keine Anstalten machte, ihn zu begleiten. Vielleicht war es ihm im Grunde lieber so, denn er hatte begriffen, daß sie seine gefährlichste Schwäche darstellte, die einzige, die ihn dazu bringen konnte, die Macht zu vergessen.

Der Wohltäter fuhr ohne Marcia in die Hauptstadt. Er ließ ihr ein halbes Dutzend Soldaten da, um den Besitz zu bewachen, und ein paar Angestellte zu ihren Diensten und versprach ihr, er werde die Straße in gutem Zustand halten lassen, damit sie seine Geschenke und Vorräte, die Post und ein paar Zeitungen erhalten konnte. Er versicherte ihr, er werde sie häufig besuchen, so oft seine Verpflichtungen als Staatsoberhaupt es gestatteten, aber als sie voneinander Abschied nahmen, wußten beide, daß sie sich nicht wieder begegnen würden. Die Karawane des Wohltäters verschwand hinter den Farnen, und Stille umgab den Sommerpalast. Marcia fühlte sich zum erstenmal in ihrem Leben wirklich frei. Sie zog die Nadeln aus ihrem hochgesteckten Knoten und schüttelte den Kopf, daß die Haare flogen. Die Wachen legten die Waffen ab und knüpften ihre Uniformjacken auf, während die Angestellten sich die kühlsten Winkel suchten, um ihre Hängematten aufzuhängen.

Aus dem Dämmer hatten die Indios während dieser zwei Wochen die Besucher beobachtet. Ohne sich von dem hellen Hut und dem erstaunlich lokkigen Haar Marcia Liebermanns täuschen zu lassen, erkannten sie in ihr eine der Ihren, aber sie wagten nicht, sich in ihrer Gegenwart zu materialisieren, weil sie seit Jahrhunderten im Verborgenen existierten. Nachdem der Alte mit seinem Gefolge abgereist war, nahmen sie verstohlen den Urwaldort wieder in Besitz, an dem sie seit Generationen gelebt hatten. Marcia erkannte, daß sie niemals allein war, wohin sie auch ging, verfolgten sie tausend Augen, rings um sie her webte ein ständiges Murmeln, ein warmes Atmen, ein rhythmisches Pulsen, aber sie hatte keine Angst, im Gegenteil, sie fühlte sich von den liebenswürdigen Gespenstern beschützt. Sie gewöhnte sich an kleine Unregelmäßigkeiten: eines ihrer Kleider war ein paar Tage verschwunden und tauchte plötzlich in einem Korb am Fußende ihres Bettes wieder auf, jemand schlang ihr Essen hinunter, als sie gerade das Speisezimmer betrat, ihr wurden Aquarelle und Bücher gestohlen, auf ihrem Tisch erschienen frischgeschnittene Orchideen, an manchen Abenden schwammen Minzeblätter in dem kühlen Wasser ihrer Badewanne, sie hörte Klavierklänge in den leeren Salons, Liebesstöhnen in den Schränken, Kinderstimmen auf den Korridoren. Die Angestellten hatten keine Erklärung für diese Seltsamkeiten, aber Marcia hörte bald auf, sie zu fragen, denn sie vermutete, daß auch sie Teil dieser freundlichen Verschwörung seien. Eines Nachts versteckte sie sich mit einer Taschenlampe hinter den Vorhängen und wartete, und als sie Füße über den Marmorboden tappen hörte, knipste sie das Licht an. Sie meinte, einige schemenhafte nackte Gestalten zu sehen, die ihr einen sanften Blick zurücksandten und sich dann in nichts auflösten. Sie rief sie auf spanisch an, aber keiner antwortete. Sie begriff, daß sie unendlich viel Geduld brauchen würde, um diesen Geheimnissen auf die Spur zu kommen, aber das machte ihr nichts aus, sie hatte ja ihr ganzes übriges Leben noch vor sich.

Ein paar Jahre später wurde das Land von der Nachricht überrumpelt, daß die Diktatur ein Ende gefunden hatte, und zwar aus einem höchst erstaunlichen Grund: Der Wohltäter war gestorben. Obwohl er nur noch ein zu Haut und Knochen geschrumpfter Greis war und schon seit Monaten in seiner Uniform dahinfaulte, konnten sich im Grunde nur wenige vorstellen, daß dieser Mann sterblich war. Niemand erinnerte sich an die Zeit vor ihm, er war seit so vielen Jahrzehnten an der Macht, daß das Volk sich angewöhnt hatte, ihn als ein so unvermeidliches Übel anzusehen wie das Klima. Es brauchte eine Weile, bis der Nachhall der Beisetzung in den Sommerpalast gelangte. Inzwischen hatten fast alle Wachen und Dienstboten ihre Posten verlassen, weil sie es müde waren, auf eine Ablösung zu warten, die niemals kam. Marcia hörte die Neuigkeit, ohne daß es sie sonderlich berührte. Sie mußte sogar einige Mühe aufbieten, um sich an ihre Vergangenheit zu erinnern, an das, was hinter dem Urwald lag, und an den Greis mit den kleinen scharfen Falkenaugen, der ihr Schicksal so gründlich gewendet hatte. Sie machte sich klar, daß es mit dem Tod des Tyrannen keinen Grund mehr für sie gab, im verborgenen zu bleiben, jetzt konnte sie in die Zivilisation zurückkehren, wo sicherlich niemanden mehr der Skandal ihrer Entführung kümmerte, aber sie verwarf diesen Einfall sofort, denn es gab außerhalb dieser verwucherten Region nichts, woran ihr etwas gelegen hätte. Ihr Leben verlief friedlich zwischen den Indios, sie war in dieser grünen Natur untergetaucht, nur mit einer Tunika bekleidet, die Haare kurz geschnitten und mit Federn geschmückt. Sie war vollkommen glücklich.

Eine Generation später, als die Demokratie im Lande fest verankert war und die lange Geschichte der Diktatoren nur noch in den Schulbüchern Erwähnung fand, entsann sich jemand des Marmormonsters und schlug vor, es wieder zu nutzen und eine Kunstakademie darin zu gründen. Der Kongreß der Republik entsandte eine Kommission, die ein Gutachten darüber aufsetzen sollte, aber die Wagen verirrten sich unterwegs, und als sie endlich

nach San Jerónimo kamen, konnte ihnen niemand dort sagen, wo der Sommerpalast war. Sie versuchten den Eisenbahnschienen zu folgen, aber die waren von den Schwellen losgerissen, und die Vegetation hatte alle Spuren ausgelöscht. Darauf schickte der Kongreß eine Abteilung Kundschafter aus und einige Pioniere, die im Hubschrauber über dem Gebiet kreisten, aber der Urwald war so dicht, daß auch sie den Ort nicht finden konnten. Die Spuren des Palastes verloren sich im Gedächtnis der Menschen und in den städtischen Archiven, das Wissen um seine Existenz verwandelte sich in Altweibergerede, die Bürokratie verschluckte die Berichte, und da das Vaterland dringendere Probleme hatte, wurde der Plan zu einer Kunstakademie einstweilen zurückgestellt.
Heute verbindet eine feste Landstraße San Jerónimo mit dem übrigen Land. Die Leute, die dort entlangfahren, erzählen, daß manchmal nach einem Gewitter, wenn die Luft feucht und elektrisch geladen ist, plötzlich neben der Straße ein weißer Marmorpalast auftaucht, der ein paar Augenblicke über dem Erdboden schwebt wie ein Blendwerk und dann geräuschlos verschwindet.

Walimai

Der Name, den mein Vater mir gab, ist Walimai, das bedeutet in der Sprache unserer Brüder im Norden »Wind«. Ich darf es dir erzählen, weil du jetzt wie meine eigene Tochter bist, und du hast meine Erlaubnis, mich beim Namen zu nennen, wenn auch nur innerhalb der Familie. Man muß sehr achtsam mit den Namen der Menschen und aller lebenden Wesen umgehen, denn wenn man sie dabei nennt, berührt man ihr Herz und dringt ein in ihre Lebenskraft. So grüßen wir uns als Blutsverwandte. Ich verstehe die Leichtigkeit nicht, mit der Fremde einander ohne Furcht rufen, das ist nicht nur ein Mangel an Achtung, es kann auch große Gefahren bringen. Ich habe bemerkt, daß diese Personen mit der größten Leichtfertigkeit sprechen, ohne zu bedenken, daß Sprechen auch Sein ist. Die Gebärde und das Wort sind das Denken des Menschen. Man darf nicht leer daherreden, das habe ich meine Söhne gelehrt, aber meine Ratschläge werden nicht immer befolgt. In früheren Zeiten wurden die Tabus und die Bräuche geachtet. Meine Großväter und die Großväter meiner Großväter empfingen von ihren Großvätern die nötigen Kenntnisse. Nichts änderte sich für sie. Ein Mann mit gutem Gedächtnis konnte sich an jede einzelne der Lehren erinnern und wußte so, wie er in jedem Augenblick handeln mußte. Aber dann kamen die Fremden und redeten gegen die Weisheit der Großväter an und trieben uns aus unserem Land. Wir ziehen jedesmal tiefer hinein in den Urwald, aber sie erreichen uns immer, manchmal dauert es Jahre, aber schließlich nahen sie wieder heran, und dann müssen wir unsere Saaten zerstören, uns die Kinder auf den Rücken laden, die Tiere an den Strick nehmen und fortgehen. So ist es gewesen, so weit ich zurückdenken kann: alles liegenlassen und rennen wie die Ratten und nicht wie die großen Krieger und die Götter, die in alten Zeiten in diesem Land lebten. Manche jungen Leute sind neugierig auf die Weißen, und während wir in die Tiefe des Urwalds ziehen, um weiterhin wie unsere Vorfahren zu leben, gehen andere den entgegengesetzten Weg. Wir betrachten diejenigen, die fortgehen, als Tote, denn nur sehr wenige kehren zurück, und die es tun, haben sich so verändert, daß wir sie nicht als Verwandte wiedererkennen können.

Es wird erzählt, daß in den Jahren, bevor ich zur Welt kam, in unserem Dorf nicht genug Mädchen geboren worden waren, und deshalb mußte mein Vater lange Wege wandern, um sich eine Frau aus einem anderen Stamm zu holen. Er zog durch die Wälder und folgte den Angaben anderer, die vor ihm diesen Weg aus demselben Grund gegangen und mit fremden Frauen heimgekehrt waren. Nach langer Zeit, als mein Vater schon die Hoffnung verlieren wollte, eine Gefährtin zu finden, erblickte er ein Mädchen am Fuß eines hohen Wasserfalls, das ist ein Fluß, der vom Himmel fällt. Ohne sich ihr zu sehr zu nähern, um sie nicht zu erschrecken, redete er sie in dem Ton an, den die Jäger gebrauchen, um ihre Beute zu beruhigen, und erklärte ihr, daß er heiraten wolle. Sie machte ihm ein Zeichen, heranzukommen, und betrachtete ihn ohne Scheu, und der Anblick des Wanderers mußte ihr wohl gefallen haben, denn sie entschied, daß der Gedanke an eine Heirat ganz vernünftig sei. Mein Vater mußte für seinen Schwiegervater arbeiten, bis er den Preis für die Frau bezahlt hatte. Nachdem sie die Hochzeitsriten abgehalten hatten, wanderte er mit ihr zurück in unser Dorf.

Ich wuchs mit meinen Geschwistern unter den Bäumen auf, ohne jemals die Sonne zu sehen. Bisweilen fiel ein kranker Baum, und es blieb eine Öffnung in der hohen Kuppel des Waldes, dann sahen wir das blaue Auge des Himmels. Meine Eltern erzählten mir Geschichten, sangen mir Lieder vor und lehrten mich alles, was die Männer wissen müssen, um ohne Hilfe, nur mit Pfeil und Bogen, zu überleben. So wurde ich frei. Wir, die Söhne des Mondes, können nicht ohne Freiheit leben. Wenn man uns hinter Mauern oder Gittern einschließt, kehren wir uns nach innen, wir werden blind und taub, und binnen weniger Tage löst sich der Geist von den Brustknochen und verläßt uns. Manchmal werden wir wie elende Tiere, aber fast immer ziehen wir es vor, zu sterben. Deshalb haben unsere Häuser keine Wände, nur ein schräges Dach, um den Wind etwas abzuhalten und den Regen abzuleiten, und wir hängen darunter unsere Hängematten sehr nahe nebeneinander, denn wir hören gern den Träumen der Frauen und der Kinder zu und fühlen gern den Atem der Affen, der Hunde und der Pakas, die mit uns den Raum teilen.

Anfangs lebte ich im Urwald, ohne zu wissen, daß es jenseits der Steilufer und der Flüsse auch Menschen gab. Hin und wieder kamen Freunde aus anderen Stämmen zu Besuch und erzählten uns, was sie hatten reden hören über Boa Vista und El Platanal, über die Fremden und ihre Sitten, aber wir glaubten, das wären nur Geschichten zum Lachen. Ich wurde ein Mann, und nun kam die Reihe an mich, eine Frau zu suchen, aber ich beschloß, noch zu warten, ich ging lieber mit den Unverheirateten, wir waren immer fröhlich und hatten viel Spaß miteinander. Freilich hatte ich nicht soviel Zeit zum Spielen und Ausruhen wie andere, denn meine Familie ist zahlreich: Geschwister, Vettern, Neffen, eine Menge Mäuler zu stopfen, viel Arbeit für einen Jäger.

Eines Tages kam eine Gruppe von bleichen Männern in unser Dorf. Sie jagten mit Feuerknall, aus der Ferne, ohne Geschicklichkeit und ohne Mut, sie waren unfähig, auf einen Baum zu klettern oder einen Fisch im Wasser mit dem Speer aufzuspießen, sie konnten sich im Urwald kaum bewegen, immer blieben sie mit ihren Rucksäcken, ihren Waffen und sogar mit den eigenen Füßen irgendwo hängen. Sie gingen nicht nackt wie wir, sondern hatten durchschwitzte und stinkende Kleider an, waren schmutzig und kannten keine Anstandsregeln, aber sie waren versessen darauf, uns von ihrem Wissen und von ihren Göttern vorzuschwatzen. Wir verglichen sie mit dem, was man uns über die Weißen erzählt hatte, und erkannten, daß jenes Gerede die Wahrheit gewesen war. Bald erfuhren wir, daß dies keine Missionare, Soldaten oder Kautschuksammler waren, sondern Verrückte, sie wollten das Land und wollten das Holz wegschaffen, sie suchten auch nach Steinen. Wir erklärten ihnen, daß man sich den Wald nicht auf den Rükken laden und wegtragen kann wie einen toten Vogel, aber sie wollten nicht zur Vernunft kommen. Sie ließen sich in der Nähe unseres Dorfes nieder. Jeder einzelne von ihnen war wie ein Wind des Unheils, er zerstörte auf seinem Weg alles, was er berührte, ließ eine Spur von Unrat zurück, plagte Tiere und Menschen. Anfangs befolgten wir die Regeln der Höflichkeit und waren ihnen gefällig, weil sie unsere Gäste waren, aber sie gaben sich mit nichts zufrieden, sie wollten immer noch mehr, bis wir dieses Spiels müde waren und den Krieg begannen, mit allen gebräuchlichen Zeremonien. Sie sind keine guten Krieger, sie erschrecken leicht und haben weiche Knochen. Sie hielten den Knüppelhieben, die wir ihnen auf die Köpfe gaben, nicht stand.

Danach gaben wir das Dorf auf und zogen nach Osten, wo der Wald undurchdringlich ist, und legten große Strecken in den Baumwipfeln zurück, damit uns ihre Freunde nicht fanden. Wir hatten gehört, daß sie rachsüchtig sind und daß sie es fertigbringen, für jeden einzelnen von ihnen, der stirbt, und sei es auch in einem ehrlichen Kampf, einen ganzen Stamm auszurotten einschließlich der Kinder. Wir fanden einen Ort, wo wir ein neues Dorf aufbauen konnten, er war nicht so gut wie der alte, die Frauen mußten Stunden gehen, um sauberes Wasser zu holen, aber wir blieben hier, weil wir glaubten, niemand würde uns so weit entfernt mehr suchen.

Ein Jahr war vergangen, da mußte ich mich einmal sehr weit vom Dorf entfernen, weil ich der Fährte eines Pumas folgte, und geriet in allzu große Nähe eines Soldatenlagers. Ich war müde und hatte lange nichts gegessen, daher waren meine Wahrnehmungen verwirrt. Statt umzukehren, als ich die Gegenwart der Fremden bemerkte, legte ich mich hin, um auszuruhen. Die Soldaten fingen mich. Sie erwähnten jedoch die Knüppelhiebe nicht, die wir den anderen versetzt hatten, tatsächlich fragten sie mich überhaupt nichts, vielleicht kannten sie jene Weißen nicht und wußten nicht, daß ich Walimai bin. Sie brachten mich zu den Kautschukleuten, wo viele Männer von anderen Stämmen waren, die sie mit Hosen bekleidet hatten und zum Arbeiten zwangen, ohne ihre Wünsche zu beachten. Der Kautschuk verlangt viel Fleiß, und sie hatten dort nicht genug Leute, deshalb mußten sie uns mit Gewalt heranholen. Es war eine Zeit ohne Freiheit, und ich mag nicht davon sprechen. Ich blieb nur, um zu sehen, ob ich etwas lernen konnte, aber ich wußte von Anfang an, daß ich zu den Meinen zurückkehren würde. Niemand kann einen Jäger gegen seinen Willen lange festhalten.

Wir arbeiteten von früh bis spät, die einen zapften die Bäume an, um ihnen Tropfen für Tropfen das Leben zu nehmen, andere kochten die aufgefangene Flüssigkeit ein, um sie zu verdicken und zu großen Kugeln zu formen. Im Freien war die Luft krank vom Geruch des heißen Gummis, und in den Schlafbaracken war sie krank vom Schweiß der Männer. An diesem Ort konnte ich nie tief atmen. Zu essen bekamen wir Mais, Bananen und den Inhalt von Büchsen, den ich niemals kostete, denn nichts Gutes für den Menschen kann in Büchsen wachsen. An einem Ende des Lagers hatten sie eine große Hütte gebaut, wo sie die Frauen hielten. Nach zwei Wochen Arbeit gab mir der Vorarbeiter ein Papier und schickte mich zu ihnen. Er gab mir auch einen Becher mit Schnaps, den ich auf die Erde goß, denn ich hatte gesehen, wie dieses Wasser den Verstand zerstört. Ich stellte mich in der

Reihe an wie alle übrigen. Ich war der letzte, und als es an mir war, einzutreten, war die Sonne schon untergegangen, und die Nacht war gekommen mit ihrem Krötengelärm und Papageiengekreisch.
Sie war vom Stamm der Ila, derer mit dem sanften Herzen, wo die lieblichsten Mädchen herkommen. Manche Männer wandern monatelang, um zu den Ila zu gelangen, sie bringen ihnen Geschenke mit und jagen für sie in der Hoffnung, eine ihrer Frauen zu gewinnen. Ich erkannte sie, obwohl sie wie eine gehäutete Eidechse aussah, denn meine Mutter war auch eine Ila. Sie lag nackt auf einer Matte aus Palmblättern, ihr Fußgelenk war mit einer Kette an einen Ring im Boden gefesselt, sie war willenlos erschlafft, als hätte sie den »Yopo« der Akazie durch die Nase eingesogen, roch nach kranken Hunden und war naß von der Spritzflut der Männer, die vor mir auf ihr gelegen hatten. Sie hatte die Größe eines Kindes, ihre Knochen klapperten wie Steinchen im Fluß. Die Ilafrauen entfernen sich alle Körperhaare, schmücken sich mit Federn und Blumen hinter den Ohren, ziehen polierte Hölzchen durch Wangen und Nase, bemalen den ganzen Körper mit dem Rot des Orleansbaumes, dem Violett der Palme und dem Schwarz der Kohle. Aber die hatte nichts von alldem. Ich legte meine Machete auf den Boden und grüßte sie als Schwester, ich ahmte ein paar Vogelstimmen nach und das Rauschen des Flusses. Sie antwortete nicht. Ich schlug ihr kräftig auf die Brust, um zu hören, ob ihr Geist zwischen den Rippen widerhallte, aber es gab kein Echo, ihre Seele war zu schwach und konnte mir nicht antworten. Ich kniete mich neben sie, gab ihr ein wenig Wasser zu trinken und sprach zu ihr in der Sprache meiner

Mutter. Sie öffnete die Augen und sah mich lange an. Ich verstand.
Vor allem andern wusch ich mich, ohne das reine Wasser zu vergeuden. Ich nahm einen guten Schluck in den Mund und versprühte ihn in feinen Strahlen über meine Hände, die ich kräftig rieb und dann noch einmal naß machte, um mir das Gesicht zu säubern. Ich zog die Hose aus, die mir der Vorarbeiter gegeben hatte. An der Schnur, die ich um den Leib trug, hingen meine Stäbe zum Feuermachen, einige Pfeilspitzen, eine Rolle Tabak, mein hölzernes Messer mit einem Rattenzahn an der Spitze und ein Beutel aus sehr festem Leder, in dem ich etwas Curare aufbewahrte. Ich tat ein wenig von der Paste auf die Spitze meines Messers, beugte mich über die Frau, und mit dem vergifteten Instrument schnitt ich ihr in den Hals. Das Leben ist ein Geschenk der Götter. Der Jäger tötet, um seine Familie zu ernähren, er achtet darauf, nicht das Fleisch seiner Beute zu kosten, und zieht dasjenige vor, das ihm ein anderer Jäger anbietet. Manchmal tötet ein Mann einen anderen im Krieg, aber niemals kann er einer Frau oder einem Kind ein Leid antun. Sie sah mich mit großen Augen an, die gelb waren wie Honig, und mir war, als versuchte sie, dankbar zu lächeln. Um ihretwillen hatte ich das oberste Gebot der Söhne des Mondes verletzt, und ich würde meine Schande mit viel Arbeit sühnen müssen. Ich hielt mein Ohr an ihren Mund, und sie flüsterte ihren Namen. Ich wiederholte ihn zweimal im Geiste, um ganz sicher zu sein, aber ich sprach ihn nicht laut aus, denn man darf die Toten nicht nennen, um ihren Frieden nicht zu stören, und sie war bereits eine Tote, obwohl ihr Herz noch schlug. Bald sah ich, wie die

Muskeln des Bauches, der Brust und der Glieder von der Lähmung befallen wurden, sie verlor den Atem, veränderte die Farbe, ein Seufzer entfloh ihr, und sie starb ohne Kampf, wie die kleinen Kinder sterben.
Sofort spürte ich, wie ihr Geist durch die Nase entwich, in mich eindrang und sich an meinem Brustbein festsetzte. Ihr ganzes Gewicht fiel auf mich, und ich mußte mich anstrengen, um aufzustehen, ich bewegte mich schwerfällig, wie unter Wasser. Ich bog ihren Körper in die Stellung der letzten Ruhe, bis die Knie das Kinn berührten, band ihn mit den Stricken der Matte zusammen, häufte die Reste des Palmstrohs auf und rieb meine Stäbe, um Feuer zu machen. Als ich sah, daß der Scheiterhaufen sicher brannte, trat ich langsam aus der Hütte, kletterte über den Lagerzaun, mit großer Mühe, weil sie mich hinunterzog, und wandte mich zum Wald. Ich hatte gerade die ersten Bäume erreicht, als ich die Alarmglocke hörte.
Den ganzen ersten Tag ging ich, ohne einen Augenblick stehenzubleiben. Am zweiten Tag fertigte ich mir einen Bogen und Pfeile an, damit ich für sie und auch für mich jagen konnte. Der Krieger, der die Last eines anderen menschlichen Lebens trägt, muß zehn Tage fasten, dann wird auch der Geist des Verstorbenen schwächer, der sich schließlich löst und ins Reich der Seelen eingeht. Wenn der Krieger es nicht tut, mästet sich der Geist an der Nahrung und wächst in dem Mann, bis er ihn erstickt. Ich habe einige sehr Tapfere so sterben sehen. Aber bevor ich diese Bedingungen erfüllte, mußte ich den Geist der Ilafrau in den dunkelsten Urwald führen, wo ich nie gefunden werden würde. Ich aß sehr wenig, gerade genug, um sie

nicht ein zweites Mal zu töten. Jeder Bissen in meinem Mund schmeckte nach faulem Fleisch, und jeder Schluck Wasser war bitter, aber ich zwang mich, zu schlucken, um uns beide zu ernähren. Einen vollen Mondwechsel lang drang ich tiefer und tiefer in den Urwald ein und trug den Geist der Frau, der täglich schwerer wurde. Wir sprachen viel miteinander. Die Sprache der Ila bewegt sich frei und hallt lange unter den Bäumen wider. Wir verständigten uns durch Gesang, mit dem ganzen Körper, mit den Augen, mit den Füßen. Ich wiederholte ihr die Legenden, die ich von meiner Mutter und meinem Vater gehört hatte, und erzählte ihr von meinem Leben, und sie erzählte mir von den ersten Jahren des ihren, als sie ein fröhliches Kind war, das mit seinen Geschwistern spielte, sich im Schlamm wälzte und sich auf den höchsten Zweigen der Bäume wiegte. Aus Feingefühl erwähnte sie nicht ihre letzte Zeit voll Unglück und Demütigung. Ich fing einen weißen Vogel, riß ihm die schönsten Federn aus und machte ihr einen Ohrschmuck. In den Nächten unterhielt ich ein kleines Feuer, damit sie nicht fror und damit keine Jaguare oder Schlangen ihren Schlaf störten. Im Fluß badete ich sie behutsam und rieb sie mit Asche und zerstampften Blumen ab, um ihr die bösen Erinnerungen zu nehmen.
Eines Tages endlich gelangten wir an den richtigen Ort und hatten keine Ausreden mehr, nicht haltzumachen. Hier war der Urwald so dicht, daß ich an manchen Stellen nur mit dem Messer und sogar mit den Zähnen einen Weg bahnen konnte, und wir mußten leise sprechen, um nicht das Schweigen der Zeit zu stören. Ich wählte eine Stelle neben einem Wasserrinnsal, baute ein Dach aus Blättern

und machte aus drei langen Streifen Baumrinde eine Hängematte für sie. Mit meinem Messer schor ich mir den Kopf und begann zu fasten.
In der Zeit, in der wir miteinander gewandert waren, hatten die Frau und ich uns so sehr liebgewonnen, daß wir nicht mehr den Wunsch hatten, uns zu trennen, aber der Mensch ist nicht Herr des Lebens, nicht einmal seines eigenen, und so mußte ich meine Pflicht erfüllen. Viele Tage lang nahm ich nichts in den Mund außer ein paar Schluck Wasser. Je mehr meine Kräfte schwanden, um so mehr löste sie sich aus meinen Armen, und ihr Geist, der immer luftiger wurde, lastete nicht mehr so schwer auf mir wie früher. Am fünften Tag tat sie ihre ersten Schritte in die Umgebung, während ich schlief, aber sie war noch nicht bereit weiterzugehen und kehrte zu mir zurück. Sie wiederholte diese Ausflüge ein paarmal und entfernte sich immer ein wenig weiter von mir. Der Abschiedsschmerz war mir so schrecklich wie eine brennende Wunde, und ich mußte alle von meinem Vater erlernte innere Kraft beschwören, um sie nicht laut bei ihrem Namen zu rufen und sie so für immer zu mir zurückzuziehen. Am zwölften Tag träumte ich, daß sie wie ein Tukan über die Wipfel der Bäume hinwegflog, und ich erwachte mit einem ganz leichten Körper und mit dem Wunsch, zu weinen. Sie war endgültig gegangen. Ich nahm meine Waffen auf und wanderte viele Stunden, bis ich an einen Arm des Flusses kam. Ich watete bis zur Gürtellinie ins Wasser, spießte mit einem angespitzten Stab einen kleinen Fisch auf und schluckte ihn ganz hinunter, mit Schuppen und Schwanz. Sogleich brach ich ihn mit ein bißchen Blut wieder aus, genau, wie es sein muß. Ich fühlte mich nicht

mehr traurig. Da lernte ich, daß manchmal der Tod mächtiger ist als die Liebe. Dann ging ich auf die Jagd, um nicht mit leeren Händen in mein Dorf zurückzukommen.

Eine Rache

An dem strahlenden Mittag, als Dulce Rosa Orellano mit dem Jasminkranz der Karnevalskönigin gekrönt wurde, murrten die Mütter der anderen Kandidatinnen, das sei eine ungerechte Auszeichnung, und sie habe sie nur deshalb bekommen, weil sie die Tochter des Senators Anselmo Orellano sei, des mächtigsten Mannes der ganzen Provinz. Sie räumten ein, daß das Mädchen anmutig war und Klavier spielte und tanzte wie keine zweite, aber es gab andere, sehr viel schönere Bewerberinnen um diese Ehre. Sie sahen sie in ihrem Organzakleid mit der Blütenkrone von der Bühne herab der Menge zuwinken und zischelten leise Flüche. Deshalb freute sich auch so manche von ihnen, als Monate später das Verhängnis in das Haus der Orellanos trat und so viel Unheil säte, daß es fünfundzwanzig Jahre dauerte, bis die Ernte eingebracht wurde.

In der Nacht der Königinnenwahl gab es einen Ball im Rathaus von Santa Teresa, und junge Männer aus weit entfernten Orten kamen herbei, um Dulce Rosa kennenzulernen. Sie war so fröhlich und tanzte so leichtfüßig, daß viele gar nicht merkten, daß sie nicht die Schönste war, und als sie wieder heimgekehrt waren, sagten sie, sie hätten noch nie ein Angesicht wie das ihre gesehen. So erwarb sie sich den unverdienten Ruhm der Schönheit, und kein späteres Zeugnis konnte ihn schmälern. Die überschwengliche Beschreibung ihrer schimmernden Haut und ihrer klaren Augen ging von Mund zu Mund, und jeder fügte noch etwas aus eigener Phantasie hinzu. Dichter in fernen Städten verfaßten Sonette auf eine erfundene Jungfrau namens Dulce Rosa.

Das Gerede über die im Haus des Senators Orellano blühende Schönheit kam auch Tadeo Céspedes zu Ohren, der sich jedoch nie einfallen ließ, daß er sie einmal kennenlernen würde, denn er hatte in seinem Dasein noch keine Zeit gehabt, Gedichte zu lernen oder Frauen anzuschauen. Er war einzig mit dem Bürgerkrieg beschäftigt. Seit ihm der erste Bart gewachsen war, wußte er mit Waffen umzugehen, und seit langem schon lebte er im Krachen der Gewehre. Er hatte die Küsse seiner Mutter vergessen und selbst die Meßgesänge. Nicht immer gab es einen Grund, einen Kampf anzufangen, weil hin und wieder Waffenruhe herrschte und kein Gegner in Reichweite seiner Bande zu finden war, aber auch in diesen erzwungenen Friedenszeiten lebte er wie ein Korsar. Er war ein Mann, der sich an die Gewalt gewöhnt hatte, er durchzog das Land in allen Richtungen, kämpfte gegen sichtbare Feinde, wenn es sie gab, und gegen Schatten, wenn er sie erfinden mußte, und so hätte er es immer weiter getrieben, wenn seine Partei nicht die Präsidentschaftswahlen gewonnen hätte. Von einem Tag zum andern wurde sie aus dem Untergrund an die Macht befördert, und aus war es mit den Vorwänden, weiter Aufruhr zu stiften.

Tadeo Céspedes' letzter Auftrag war die Strafexpedition nach Santa Teresa. Mit hundertzwanzig Männern drang er bei Nacht in den Ort ein, um ein abschreckendes Beispiel aufzustellen und die führenden Köpfe der Gegenpartei zu beseitigen. Sie zerschossen die Fenster der öffentlichen Gebäude, traten die Kirchentür ein und ritten bis zum Hauptaltar. Pater Clemente, der sich ihnen entgegenstellte, wurde von den Pferden zertrampelt. Dann galoppierten sie mit kriegerischem Getöse zum Landgut des Senators Orellano, dessen Haus sich stolz auf dem Hügel erhob.

Der Senator erwartete Tadeo Céspedes an der Spitze eines Dutzends treuer Diener, nachdem er seine Tochter im letzten Zimmer des hintersten Patios eingeschlossen und die Hunde losgemacht hatte. Wie schon sooft in seinem Leben beklagte er, daß er keine männlichen Nachkommen hatte, die ihm in diesem Augenblick hätten helfen können, die Ehre seines Hauses mit der Waffe zu verteidigen. Er fühlte sich sehr alt, aber er hatte keine Zeit, darüber nachzudenken, denn er sah schon das schreckliche Lodern von hundertzwanzig Fackeln, die hangaufwärts rasch näherkamen und die Nacht mit Entsetzen erfüllten. Schweigend verteilte er die Munition. Alles war gesagt, und jeder wußte, er würde noch vor Morgengrauen auf seinem Posten sterben müssen wie ein Mann.

»Der letzte nimmt den Schlüssel zu dem Zimmer, in dem meine Tochter ist, und tut seine Pflicht«, sagte der Senator, als sie die ersten Schüsse hörten.

Alle diese Männer hatten Dulce Rosa heranwachsen sehen, sie hatten sie auf ihren Knien reiten lassen, als sie noch kaum laufen konnte, hatten ihr an den Winterabenden Gespenstergeschichten erzählt, hatten sie Klavier spielen hören und hatten ihr gerührt Beifall geklatscht, als sie zur Karnevalskönigin gewählt wurde. Ihr Vater konnte in Ruhe sterben, so dachten sie, das Kind würde nicht lebend in die Hände von Tadeo Céspedes fallen. Nur hätte Senator Orellano das eine nie gedacht – daß trotz seiner Tollkühnheit in dem nun folgenden Kampf er der letzte sein sollte, der starb. Er sah seine Männer einen nach dem andern fallen und begriff schließlich die Nutzlosigkeit, weiter Widerstand zu leisten. Er hatte eine Kugel in den Bauch bekommen, alles verschwamm ihm vor den Augen, er konnte kaum die Schatten erkennen, die über die hohen Mauern seines Besitzes kletterten, aber er war doch noch so weit bei Verstand, daß er sich zum dritten Patio schleppte. Die Hunde erkannten seinen Geruch durch Schweiß, Blut und Trauer hindurch und wichen beiseite, um ihn vorbeizulassen. Er steckte den Schlüssel ins Schloß, öffnete die schwere Tür und sah durch den Nebel, der sich über seine Augen gelegt hatte, Dulce Rosa, die ihn erwartete. Das junge Mädchen trug dasselbe Organzakleid wie auf dem Karnevalsfest und hatte ihr Haar mit den Blüten der Krone geschmückt.

»Es ist soweit, meine Tochter«, sagte er und entsicherte seine Waffe, während sich zu seinen Füßen eine Blutlache ausbreitete.

»Töte mich nicht, Vater«, entgegnete sie mit fester Stimme. »Laß mich leben, damit ich dich und mich rächen kann.«

Senator Orellano betrachtete das Gesicht seiner fünfzehnjährigen Tochter und stellte sich vor, was Tadeo Céspedes mit ihr machen würde. Aber aus Dulce Rosas klaren Augen strahlte eine große Kraft, und er wußte, sie würde überleben können, um den Henker zu bestrafen. Er setzte sich zu dem Mädchen auf das Bett und richtete die Waffe auf die Tür.

Als das Jaulen der sterbenden Hunde verstummte, der Riegel nachgab, das Schloß aufsprang und die ersten Männer in das Zimmer stürmten, konnte der Senator noch sechs Schüsse abfeuern, ehe er das Bewußtsein verlor. Tadeo Céspedes glaubte zu träumen beim Anblick eines mit Jasmin gekrönten Engels, der einen mit dem Tode ringenden alten Mann in den Armen hielt, während das weiße Kleid sich rot färbte, aber die milde Regung reichte nicht für ein zweites Hinsehen, denn er war trunken von der Gewalt und entnervt von mehreren Stunden Kampf.

»Die Frau ist für mich«, sagte er, bevor seine Männer Hand an sie legen konnten.

Ein bleierner Freitagmorgen zog herauf, den der Widerschein des Feuers rot färbte. Eine dichte Stille herrschte auf dem Hügel. Die letzten Seufzer waren verstummt, als Dulce Rosa aufstehen konnte und zu dem Brunnen im Garten ging, den am Tag zuvor Magnolien gesäumt hatten und der jetzt eine trübe Pfütze inmitten der Trümmer war. Von ihrem Kleid waren nur noch Fetzen übrig, die sie sich langsam abstreifte, bis sie nackt war. Sie tauchte in das kalte Wasser ein. Die Sonne schob sich hinter den Birken empor, und sie konnte sehen, wie sich das Wasser rosig färbte, als sie sich das Blut abwusch, das zwischen ihren Beinen hervorsickerte, und das Blut ihres Vaters, das in ihren Haaren eingetrocknet war. Als sie sauber war, ging sie still und ohne Tränen zu dem zerstörten Haus, suchte etwas zum Anziehen, nahm ein Leinenlaken und machte sich auf, die Überreste des Senators zu suchen. Sie hatten ihn mit den Füßen an ein Pferd gebunden und im Galopp über die Hügelhänge geschleift, bis er nur noch ein jämmerlich zerfetztes Bündel war, aber seine Tochter, von der Liebe geleitet, erkannte ihn ohne zu schwanken. Sie hüllte ihn in das Laken und setzte sich neben ihn und blickte über das nun wieder friedlich daliegende Land. So fanden sie die Leute aus Santa Teresa, als sie sich getrauten, zum Haus der Orellanos hinaufzusteigen. Sie halfen Dulce Rosa, ihre Toten zu begraben und die letzten kleinen Flackerfeuer zu ersticken, und baten sie dringlich, zu ihrer Patin zu gehen, die in einer anderen Stadt wohnte, und dort zu bleiben, wo niemand ihre Geschichte kannte, aber sie weigerte sich. Da taten sie sich zusammen und beschlossen, das Haus wieder aufzubauen, und schenkten ihr sechs scharfe Hunde, die sie beschützen sollten.

Von dem Augenblick an, da sie ihren Vater noch lebend fortschleppten und Tadeo Céspedes die Tür hinter ihnen schloß und den Ledergürtel abschnallte, lebte Dulce Rosa für die Rache. In den folgenden Jahren hielt der Gedanke daran sie in den Nächten wach und beschäftigte sie tagtäglich, aber er löschte doch ihr Lachen nicht völlig aus und brachte ihre Freundlichkeit nicht zum Versiegen. Ihr Ruf als Schönheit nahm noch mehr zu, denn die volkstümlichen Dichter besangen überall ihren Liebreiz, bis sie eine lebende Legende war. Jeden Morgen stand sie um vier Uhr früh auf, um die Arbeiten auf den Feldern und im Haus zu überwachen, sie ritt auf dem Pferderücken ihren Besitz ab, verstand beim Kaufen und Verkaufen wie ein Syrer zu feilschen, züchtete Rassevieh und zog Magnolien und Jasmin in ihrem Garten. Am späten Nachmittag legte sie die langen Hosen, die Stiefel und die Waffen ab und zog die bezaubernden Kleider an, die sie sich in parfümierten Kartons aus der Hauptstadt schicken ließ. Wenn es dunkelte, kamen ihre ersten Besucher und fanden sie am Klavier, während die Dienstboten die Kredenzteller mit Kuchen und die Krüge mit Mandelmilch vorbereiteten. Anfangs hatten viele sich gefragt, wie es möglich war, daß das junge Mädchen nicht in ein Sanatorium gebracht worden oder als Novizin bei den Karmeliterinnen eingetreten war, doch da es häufig Feste auf dem Landgut der Orellanos gab, hörten die Leute nach und nach auf, über die Tragödie zu reden, und die Erinnerung an den ermordeten Senator verwischte sich. Einige Herren von Ruf und Vermögen setzten sich über das Schandmal der Vergewaltigung hinweg, angezogen von Dulce Rosas Verständigkeit und von ihrer allseits gerühmten Schönheit, und trugen ihr die Ehe an. Sie wies alle ab, denn ihre Aufgabe in dieser Welt war die Rache.

Auch Tadeo Céspedes konnte von der Erinnerung an jene unheilvolle Nacht nicht loskommen. Der Rausch des Gemetzels und die Euphorie der Vergewaltigung vergingen in den wenigen Stunden, als er in die Hauptstadt zurückkehrte, um über seine Strafexpedition Rechenschaft abzulegen. Da kam ihm das Mädchen in den Sinn, für den Ball gekleidet und mit Jasmin gekrönt, das ihn schweigend ertragen hatte in dem dunklen Zimmer, wo die Luft von Pulvergestank gesättigt war. Er sah wieder die letzten Augenblicke vor sich, wie sie da am Boden gelegen hatte, kaum bedeckt von den blutgeröteten Fetzen, in den gnädigen Schlaf der Bewußtlosigkeit gesunken, und so sah er sie nun jede Nacht vor dem Einschlafen, sein ganzes weiteres

Leben lang. Der Frieden und die Ausübung der Macht verwandelten ihn in einen gesetzten, arbeitsamen Mann. Im Lauf der Zeit verloren sich die Erinnerungen an den Bürgerkrieg, und die Leute begannen ihn Don Tadeo zu nennen. Er kaufte eine Hacienda auf der anderen Seite des Gebirges, wo er sich der Rechtsprechung annahm und schließlich Bürgermeister wurde. Wäre nicht das nie ruhende Spukbild der Dulce Rosa Orellano gewesen, würde er vielleicht ein gewisses Glück gefunden haben, aber in all den Frauen, die seinen Weg kreuzten, in all denen, die er auf der Suche nach Trost umarmte, und in all den Liebschaften, in die er sich im Lauf der Jahre einließ, erschien ihm das Gesicht der Karnevalskönigin. Und zu seinem noch größeren Unglück erlaubten die Lieder, aus denen Dulce Rosas Name klang, ihm nicht, sie aus seinem Herzen zu reißen. Das Bild des jungen Mädchens wuchs in ihm, nahm ihn ganz in Besitz, bis er es eines Tages nicht mehr länger ertrug. Bei einem Festmahl zu Ehren seines siebenundfünfzigsten Geburtstages saß er am Kopfende einer langen Tafel, umgeben von Freunden und Mitarbeitern, als er auf dem Tischtuch zwischen Jasminblüten plötzlich ein nacktes Geschöpf zu sehen glaubte, und er begriff, daß dieser Alptraum ihn auch nach seinem Tode nicht in Frieden lassen würde. Er schlug mit der Faust auf den Tisch, daß die Teller hochsprangen, und verlangte seinen Stock und seinen Hut.

»Wohin gehen Sie, Don Tadeo?« fragte der Präfekt.

»Ein altes Unrecht wiedergutmachen«, antwortete er und ging, ohne sich zu verabschieden.

Er brauchte sie nicht zu suchen, denn er hatte stets

gewußt, daß sie noch immer in dem Haus ihres Unglücks lebte, und dorthin lenkte er seinen Wagen. Inzwischen gab es gute Straßen, und die Entfernungen schienen kürzer geworden zu sein. Die Landschaft hatte sich in diesen Jahrzehnten verändert, aber als er die letzte Biegung des Hügels genommen hatte, lag das Landgut vor ihm, wie er es in Erinnerung hatte, bevor sein Trupp es stürmte. Dort waren die festen Mauern aus Flußstein, die er mit Dynamit zu sprengen versucht hatte, dort die Bäume, an die er die Leichen der Männer des Senators gehängt hatte, dort der Patio, wo er die Hunde erschossen hatte. Hundert Meter vor der Tür hielt er seinen Wagen an und wagte nicht weiterzufahren, denn er fühlte sein Herz in der Brust zerspringen. Er wollte eben wenden, um dorthin zurückzukehren, von wo er gekommen war, als zwischen den Rosensträuchern eine Gestalt auftauchte. Er schloß die Lider und wünschte mit aller Kraft, sie möge ihn nicht erkennen. In dem weichen Licht des Spätnachmittags hatte er Dulce Rosa Orellano erblickt, die über die Gartenwege heranzuschweben schien. Er sah ihr Haar, ihr klares Gesicht, die Harmonie ihrer Bewegungen, das Flattern ihres Kleides und glaubte in einem Traum befangen zu sein, der schon fünfundzwanzig Jahre währte.

»Endlich kommst du, Tadeo Céspedes«, sagte sie, ohne sich von seinem schwarzen Bürgermeisterhabit und seinen gepflegten grauen Haaren täuschen zu lassen. Er hatte noch dieselben Piratenhände.

»Du hast mich verfolgt, ohne Ruhe zu geben. Ich habe in meinem ganzen Leben keine andere lieben können, nur dich«, sagte er mit vor Scham gebrochener Stimme.

Dulce Rosa Orellano seufzte befriedigt auf. Sie hatte ihn die ganze Zeit Tag und Nacht mit ihren Gedanken gerufen, und endlich war er hier. Ihre Stunde war gekommen. Aber als sie ihm in die Augen sah, entdeckte sie in ihnen keine Spur des Henkers von einst, nur frische Tränen. Sie suchte in ihrem Herzen den Haß, den sie ein Leben lang gehegt hatte, und konnte ihn nicht finden. Sie rief sich den Augenblick ins Gedächtnis, als sie ihren Vater um das furchtbare Opfer gebeten hatte, sie am Leben zu lassen, damit sie eine Pflicht erfüllen konnte, sie erinnerte sich an die so viele Male verfluchte Umarmung dieses Mannes und an den Morgen, an dem sie traurige Überreste in ein Leinenlaken gehüllt hatte. Sie besann sich auf ihren perfekten Racheplan, aber sie fühlte nicht die erwartete Freude, sondern eine tiefe Wehmut. Tadeo Céspedes nahm behutsam ihre Hand und küßte sie, die feucht wurde von seinen Tränen. Da begriff sie bestürzt, daß sie zuviel an ihn gedacht, die Strafe im voraus genossen hatte, dadurch hatte ihr Gefühl sich umgekehrt, und nun liebte sie ihn.
In den folgenden Tagen öffneten sich die Schleusen der so lange unterdrückten Liebe, und zum erstenmal in ihrem strengen Dasein schlossen sie sich auf, um die Nähe des andern zu spüren. Sie spazierten durch die Gärten und sprachen über sich selbst, ohne die unselige Nacht auszulassen, die ihrer beider Lebenswege verändert hatte. Am Abend spielte sie ihm auf dem Klavier vor, und er rauchte und hörte ihr zu, bis er fühlte, wie alles in ihm sanft und weich wurde und wie das Glück ihn wie ein Mantel umhüllte und die Alpträume der Vergangenheit auslöschte. Nach dem Abendessen fuhr Tadeo Céspedes nach Santa Teresa hinein, wo sich schon

niemand mehr an die alte Schreckensgeschichte erinnerte. Er stieg im besten Hotel ab und bereitete von dort aus seine Hochzeit vor. Er wollte ein Fest mit großem Aufwand, verschwenderisch gedeckten Tischen und fröhlichem Lärm, an dem der ganze Ort teilnehmen sollte. Er hatte die Liebe in einem Alter entdeckt, in dem andere Männer alle Illusionen verloren haben, und das gab ihm die Kraft seiner Jugend zurück. Er wollte Dulce Rosa mit Zärtlichkeit und Schönheit umgeben, ihr alles schenken, was man für Geld kaufen kann, vielleicht würde es ihm gelingen, sie für das Böse zu entschädigen, das er ihr als junger Mann angetan hatte. Es gab Augenblicke, wo ihn Panik überkam. Dann forschte er in ihrem Gesicht nach Zeichen des Grolls, aber er sah nur das Licht der erwiderten Liebe, und das gab ihm die Zuversicht zurück. So verging ein glücklicher Monat.

Zwei Tage vor der Hochzeit, als schon die langen Tische im Garten aufgestellt, das Geflügel und die Schweine für das Festmahl geschlachtet und die Blumen geschnitten wurden, die das Haus schmükken sollten, probierte Dulce Rosa das Brautkleid an. Sie sah ihr Bild im Spiegel, so ähnlich dem am Tag ihrer Krönung zur Karnevalskönigin, und plötzlich konnte sie ihr Herz nicht länger betrügen. Sie wußte, daß sie ihre geplante Rache niemals vollziehen würde, weil sie den Mörder liebte, aber ihr war endlich auch klar, daß sie ebensowenig imstande sein würde, das Gespenst des Senators zum Schweigen zu bringen. So entließ sie die Schneiderin, nahm die Schere und ging in das Zimmer am dritten Patio, das die ganzen Jahre hindurch unbewohnt geblieben war.

Tadeo Céspedes suchte sie überall und rief verzweifelt ihren Namen. Das Bellen der Hunde führte ihn zum äußersten Ende des Hauses. Mit Hilfe des Gärtners brach er die verriegelte Tür auf und trat in das Zimmer, in dem er einmal einen jasmingekrönten Engel erblickt hatte. Er fand Dulce Rosa so, wie er sie jede Nacht im Traum gesehen hatte, in dem gleichen blutgetränkten Organzakleid, und er ahnte, daß er neunzig Jahre alt werden würde, um seine Schuld mit der Erinnerung an die einzige Frau zu sühnen, die seine Seele lieben konnte.

Insel Clips

Insel-Clip 1
Epiktet · Wege zum glücklichen Handeln

Insel-Clip 2
Raymond Radiguet · Den Teufel im Leib

Insel-Clip 3
Marc Aurel · Selbstbetrachtungen

Insel-Clip 4
Martin Walser · Ein fliehendes Pferd

Insel-Clip 5
Seneca für Gestreßte

Insel-Clip 6
Max Frisch · Halten Sie sich für einen guten Freund?

Insel-Clip 7
Lao-tse · Tao-te-king

Insel-Clip 8
Hermann Hesse · Klingsors letzter Sommer

Insel-Clip 9
Zen · Sprüche und Leitsätze der Zen-Meister

Insel-Clip 10
Jurek Becker · Die beliebteste Familiengeschichte

Insel-Clip 11
Goethe · Ob ich Dich liebe weiß ich nicht

Insel-Clip 12
Isabel Allende · Eine Rache